相馬正一

国家と個人

島崎藤村『夜明け前』と現代

人文書館
Liberal Arts
Publishing
House

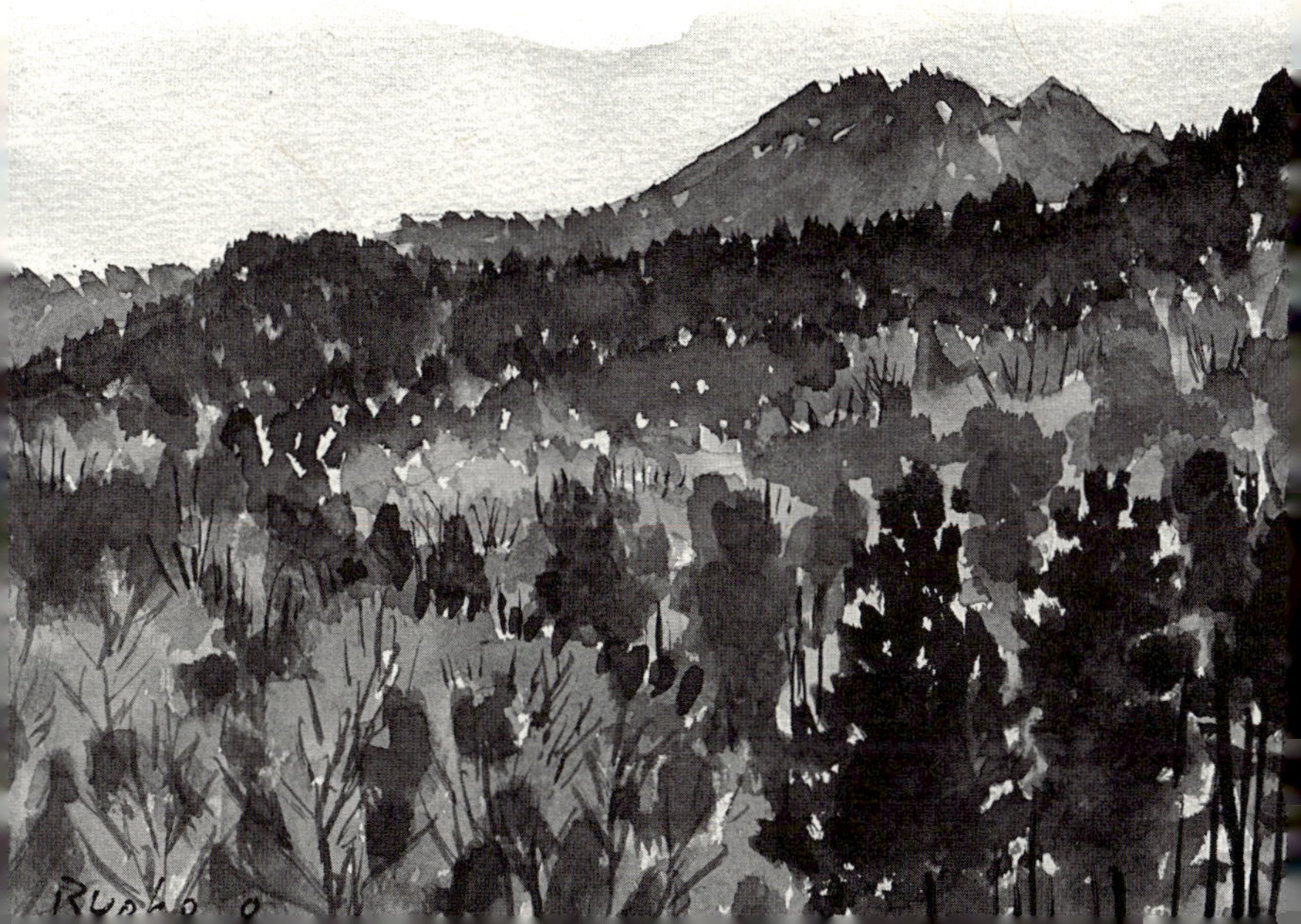

カバー装画
大野良子『楽章、郷愁』
アクリル画・308×218mm／2006年

扉装画
大野良子

国家と個人

島崎藤村『夜明け前』と現代

目次

はじめに

島崎藤村（本名春樹 明治五年―昭和一八年 一八七二―一九四三）の畢生の大作「夜明け前」は、ただに藤村文学の代表作であるばかりでなく、近代日本文学を代表する最高傑作の一つであり、幕末から明治維新にかけて、木曽街道の宿場の盛衰を主人公・青山半蔵（モデルは藤村の父・島崎正樹）に託して描いた一大スペクタクルである。そのことを先ず確認しておきたい。私が今回この作品への挑戦を思い立ったのは、以下のような理由による。

①「夜明け前」は昭和四年四月から昭和十年十月まで、七年の歳月を費して完結した藤村文学の集大成であり、二千五百枚に及ぶ大河小説であるが、藤村文学の金字塔であるにも拘らず、この作品を読破している人は意外に少ない。

②研究の分野でも、藤村詩集、小諸時代の諸短篇、「破戒」「春」「家」「桜の実の熟する時」「新生」などの長篇は多くの研究者によって論評されているが、これらに比して「夜明け前」に関する論考は極端に少ない。その理由は、この作品が大冊の長篇だからではなく、作品そのものの扱い方にある種の戸惑いを感じているからである。研究者は「夜明け前」の文学的な位置づけ

に苦慮し、作品の性格づけや評価をためらっているのが実情である。

③「夜明け前」は発狂悶死した主人公・青山半蔵を、先祖の眠る万福寺境内の一隅に土葬するところで終っているが、藤村の未完の遺作「東方の門」（昭和一八年）は「夜明け前」の後日譚であり、「東方の門」の主要人物の一人である万福寺住職・松雲和尚の回想の中に青山半蔵が頻出するので、双方は本来セットで読まれるべき作品である。しかし、この未完の遺作「東方の門」も「夜明け前」同様にあまり読まれていないし、双方を関係づけて論じた研究は極めて少ない。

④これが最も肝心なことであるが、藤村は「夜明け前」の中で、徳川幕府と維新政府とを問わず、欧米列強の外圧に右往左往する無様《ぶざま》な弥縫《びほう》的外交、官僚機構の末端に連なる地方俗吏どもの横暴と頽廃、維新政府の朝令暮改の政策、権力維持のためのマキアベリズム、官尊民卑の衆愚政治など、人民不在の政治手法を地方の一庶民の視点から痛烈に批判している。この文明批評は、二十一世紀日本の官僚機構や政権担当者にもそのまま当てはまる現代的意義を含んでいる。

そこで、この機会に「夜明け前」を読み進めながら、藤村が主人公・青山半蔵に託した創作意図を探り、藤村文学の核心に迫ってみたいと思う。

いつの時代でもそうであるが、歴史の転換期には権力の座をめぐって血みどろの権謀術数が尽くされる。いかなる手段を用いても、勝てば官軍である。しかし、このような権力の争奪戦で、犠牲になるのはいつも社会の底辺に生きる民衆である。歴史には権力の争奪戦に直接関わった人物だけが記録され、そのとばっちりを受けて塗炭《とたん》の苦しみに喘《あえ》いだ一般庶民は登場しない。

藤村の「夜明け前」は、江戸と京都の中間地点の宿場に生きる一庶民の目を通して、幕末から明治維新にかけての時代の激動期を、膨大な資料を踏まえて描き切った労作である。とりわけ、島崎家の隣家に住む大黒屋の当主・大脇信興（作中の伏見屋・小竹金兵衛のモデル）が幕末から四十余年にわたって記録したいわゆる「大黒屋日記」三十一冊は、木曽の馬籠《まごめ》宿とその周辺の盛衰を具体的に、しかも克明に描写しており、藤村は大脇家からこの日記を借用して「大黒屋日記抄」と題する九冊のノートを作り、記録者の目線に立ってこの資料を作品に活用している。

島崎家は代々、木曽十一宿の西端に位置する馬籠宿で本陣・問屋《といや》・庄屋の三役を務めてきた由緒ある家柄である。尾張藩に属する木曽十一宿の人たちは、名古屋の藩主を〈殿様〉と呼び、木曽福島の山村代官を〈旦那様〉と呼んで、権力の二重構造のもとで生活してきた。当然のことながら権力の二重構造は、幕藩体制が崩壊しはじめると別々の命令系統で地域住民の生活を圧迫するようになる。この支配と被支配との異例の関係から、組織と人間、集団と個の問題が浮上してくる。

幕府の官僚機構にせよ藩閥維新政府にせよ、権力を獲得するためには手段を選ばない。諸藩に先んじて尊王攘夷を唱えてきた長州と薩摩がイギリスと手を結んで開港を言い出したかと思うと、フランスの支持を取りつけた幕府はイギリスを侵略者扱いして条約の破棄をほのめかすなど、互いに権謀術数の限りを尽くして相手方を窮地に追い込もうとする。双方がそれぞれの〈大義〉を掲げてはいても、所詮は権力奪取の手段に過ぎず、目的達成のためには手の裏を返すように主義主張を変える無節操なやり方がまかり通るようになる。

欧米諸国の要求する外圧を利用して目まぐるしく変容する支配階層の醜態を見せつけられた「夜明け前」の主人公・青山半蔵は、「こう乱脈な時になって来ると、いろいろな人が飛び出すよ。世をはかなむ人もあるし、発狂する人もある」と嘆きながらも、「まあ、賢明で迷っているよりも、愚直でまっすぐに進むんだね」と自分に言い聞かせる。半蔵にとって生きる道とは、「覇業の虚偽、国家の争奪、権謀と術数と巧知、制度と道徳の仮面」などによってゆがめられた〈人を欺く道〉ではなく、どんな難儀をもこらえて克服し、筋道のないところにも筋道を見出して生きる愚直な〈百姓の道〉である。

藤村が「夜明け前」の構想を練っていた昭和二年から、これを発表しはじめた昭和四年までの日本の政情は、藤村の父正樹の生きた明治維新初期の政情と酷似する点が多い。維新政府にいち早く西欧式の軍制を採り入れ、明治五年（一八七二）に徴兵令を制定して日本軍閥の基礎作りに専念した長州藩出身の山県有朋は、警察機構の権限強化や「軍人勅諭」の策定にも参画して天皇制絶対主義の確立に力を尽くした軍人政治家の元締めである。

一方、昭和初年に田中内閣（昭和二年四月〜同四年七月）の首班となった政友会総裁の田中義一陸軍大将は、同郷の先輩山県有朋の知遇を得て出世した人物である。田中首相は組閣直後から、国内的には治安維持法の改悪や特高制度の拡充による進歩主義者の弾圧と言論・思想の取り締まり強化、国外的には中国侵略の契機となった関東軍の山東出兵など、戦争への道を進むファシズムの政策を強行した。

藤村は、天皇統帥の軍隊をバックにして暴走する田中ファシズム内閣が〈国家〉の名において個人の言論・思想を封殺する狂気を実感しながら、「夜明け前」の執筆に取り組んでいたのである。大きな期待を寄せていた維新政府に裏切られる「夜明け前」の主人公が、自分にとって〈国家〉とは何かと問う悲痛な叫びは、そのまま昭和初年代を生きる藤村自身の問いかけでもあった。

本論に入るに先立って、藤村の名誉のために一言しておきたいことがある。「夜明け前」冒頭の〈木曽路はすべて山の中である〉の一句はあまりにも有名であるが、近年この冒頭部に対して、他人の著作からの盗用だとか、換骨奪胎だなどと非難めいた発言をする人が見られる。

《木曽路はすべて山の中である。あるところは岨《そば》づたいに行く崖の道であり、あるところは数十間の深さに臨む木曽川の岸であり、あるところは山の尾をめぐる谷の入り口である。一筋の街道はこの深い森林地帯を貫いていた。（中略）名高い桟《かけはし》も、蔦のかずらを頼みにしたような危い場処ではなくなって、徳川時代の末にはすでに渡ることのできる橋であった。新規に新規にとできた道はだんだん谷の下の方の位置へと降って来た。道の狭いところには、木を伐って並べ、藤づるでからめ、それで街道の狭いのを補った。長い間にこの木曽路に起こって来た変化は、いくらかずつでも嶮岨《けんそ》な山坂の多いところを歩きよくした。》（引用文は岩波文庫一九六九年版『夜明け前』に拠る。以下同じ）

藤村のこの一文を、江戸後期の文筆家・秋里籬島《あきざとりとう》著『木曽路名所図絵』所収の、「木曽路はみな山中なり。名にしおふ深山幽谷にて岨《そば》づたひに行《ゆく》がけ路多し。就中《なかんづく》三留野より野尻までの間、はなはだ危き道なり。此間、左は数十間深き木曽川に路の狭き所は木を伐りわたして並べ、藤かづらにてからめ、街道の狭きを補ふ。右はみな山なり。屏風を立《たて》たる如《ごとく》にして、其中より大巌さし出て路を遮る。此間に桟道《かけはし》多し。いづれも川の上へかけたる橋にはあらず。岨道の絶《たえ》たる所にかけたる橋なり。他国にはかやうなるかけはし稀なり。……」から無断借用したものだと言うのである。

確かに、藤村が門弟の田中宇一郎に依頼して収集した資料の中に『木曽路名所図絵』七巻も含まれており、「夜明け前」第二部の後半にこの書名も出てくる。木曽路の宿場に生まれ育った藤村が同書に紹介されているこの一文を読んで、実感として記憶にとどめておいたであろうことは有り得ることである。しかし、木曽路は藤村の生まれ故郷である。一旅行者の秋里籬島とは異なり、身をもって生活してきた土地である。仮に観光案内風の『木曽路名所図絵』の中に類似の文章があったとしても、双方の表現意図がまるで異なっていることに注意しなければならない。

秋里の〈木曽路はみな山中なり〉の一句は旅人の目に映った珍しい自然の景観を導き出してい

るだけであるが、藤村の冒頭句を受ける文脈は〈一筋の街道はこの深い森林地帯を貫いていた〉である。秋里が木曽路の到る所に見られる奇岩怪石や深山幽谷を観光名所として羅列的に紹介しているのに対して、藤村の視点は深山の森林地帯を貫く一筋の街道に注がれているのである。

藤村は「夜明け前」で、東ざかいの桜沢から西はずれの十曲峠《じっきょく》までの木曽十一宿の地勢を紹介したあと、「この街道の変遷は幾世紀にもわたる封建時代の発達をも、その制度組織の用心深さをも語っていた。鉄砲を改め女を改めるほど旅行者の取り締まりを厳重にした時代に、これほどよい要害の地勢もないからである」と続け、更に次のように焦点を絞ってゆく。

《東山道とも言い、木曽街道六十九次《つぎ》とも言った駅路の一部がここだ。この道は東は板橋を経て江戸に続き、西は大津を経て京都にまで続いて行っている。東海道方面を回らないほどの旅人は、否でも応でもこの道を踏まねばならぬ。(中略)

馬籠は木曽十一宿の一つで、この長い谿谷の尽きたところにある。西よりする木曽路の最初の入口にあたる。そこは美濃境にも近い。美濃方面から十曲峠に添うて、曲りくねった山坂をよじ登って来るものは、高い峠の上の位置にこの宿を見つける。街道の両側には一段ずつ石垣を築いてその上に民家を建てたようなところで、風雪をしのぐための石を載せた板屋根がその左右に並んでいる。宿場らしい高札の立つところを中心に、本陣、問屋《といや》、年寄《としより》、伝馬役《てんまやく》、定歩《じょうほ》行役《こうやく》、水役《みずやく》、七里役(飛脚)などより成る百軒ばかりの家々が主な部分で、まだそのほかに宿

内の控えとなっている小名《こな》（小字《こあざ》）の家数を加えると六十軒ばかりの民家を数える。》

こうして「夜明け前」の主舞台となる馬籠宿の登場となるが、冒頭の一句は、いろいろな階層の老若男女が往来する木曽路の変遷と、この街道筋に生きる木曽谷住民の喜怒哀楽の歴史を物語るための効果的な布石なのである。藤村は「夜明け前」を構想する段階で、『木曽路名所図絵』のほかに『木曽古道記』や『岐蘇古今沿革志』など、木曽路に関するだけでも十数種類の参考文献を集めているので、特定の著作からの無断借用ということは考えにくい。むしろ冒頭句を、木曽路生まれの藤村が各種資料を参照しながらも、自らの体験から紡ぎ出した出自確認のフレーズと捉える方が、作品に即しているのではないかと思う。

資料収集を手伝った田中宇一郎の『回想の島崎藤村』（昭和三〇年九月、四季社）の中に、「初め、どう、書き出したらいいか迷ひましたよ。どうも、見当が付かなくつて、――書き出しは難しいね」という藤村の言葉が紹介されている。木曽路の盛衰に取材した大河小説にふさわしい書き出しとして、苦吟・推敲の果てに辿り着いたのが、〈木曽路はすべて山の中である〉の一句だったのである。

（藤村の作品の引用文には、原則として現代仮名遣いを使用する。）

一、「夜明け前」の性格とゾライズム

島崎藤村が「夜明け前」を構想する際に参照したと思われる先人の作品に、フランスの自然主義作家エミール・ゾラの『ルーゴン・マッカール叢書』（全二十巻）がある。収録作品のうち「居酒屋」「ナナ」「ジェルミナール」「獣人」などは早くから日本でも翻訳され、藤村も小諸時代に読んで感銘を受けている。

ゾラの思想に藤村が興味を示すのは、文学活動を始めた明治二十五年（一八九二）頃である。浪漫派の立場から違和感を持ちつつも、当時ゾライズムの名称で日本に紹介されていたフランス自然主義の創作方法を、説得力のある写実的な描写法として受けとめていた。後年、小諸時代に「破戒」の執筆に先立って発表した諸短篇は、いずれもゾライズムを念頭に置いて習作したものである。

ゾラは実証主義の立場から〈遺伝・環境・時代〉の三要素を重視し、人間を経済的・社会的・生物学的・生理学的に究明することで人間の本質に迫り、併せて無力な庶民を抑圧する社会制度や政治体制の欠陥を暴露することによって社会や国家の偽善・欺瞞の実態を洗い出し、その結果を実証的に記録した。その集大成が、ルーゴン家の悲劇を描いた『ルーゴン・マッカール叢書』である。この叢書には〈第二帝政下における一家族の自然的社会的歴史〉の副題がついている。おそらく藤村はこの副題にあやかって、〈明治維新前後における島崎家の自然的社会的歴史〉の構想を思い立ったのであろう。

ゾラの小説世界を支配する〈遺伝・環境・時代〉の三因子は、フランスの文学史家テーヌの歴史哲学、病理学者クロード・ベルナールの『実験医学序説』、進化論者ダーウィンの遺伝学、などの実証的決定論から導き出されたものであるが、このうち、批評の対象を分析して〈民族・環境・時代〉の三要素に還元することを提唱したテーヌの代表作『英文学史』は、学生時代の藤村の愛読書であった。このことは「桜の実の熟する時」第八章にも書かれている。明治二十五年九月に明治女学校高等科の英語教師になった時、藤村はテーヌの英訳本『英文学史』を英語のテキストに使用するほど、テーヌに傾倒していた。藤村が、テーヌの文学理論を自らの創作方法に採用したゾラの作品に興味を持ったのも不思議ではない。藤村は後年、日本での『ルーゴン・マッカール叢書』全巻の翻訳出版に際して、次のような推薦の辞「ゾラ」(東京朝日新聞、昭和八年一〇月一三日)の一文を寄せている。

《「一日として事なき日なし。」ということを座右の銘としたゾラを今日に生かして見たい。彼は本国の方でも広く読まれ、その著作には多数に呼びかける要素を多分に持った作家であるから、彼が今日の日本に出現したとしたら持前の健筆で忽ち日本の大衆をひきつけたことであろう。彼は現実を摑み出して紙の上にひろげて見せる逞しい力に富んだ作家であるから、現代日本を観察して何を捉え何を赤裸々に描写するか、興味ある問題となったであろう。彼は実験的な方法を文学に取り入れようとした作家であるから、かなり簡潔で、且つ明快な日本文を書いたであろう。彼は人間の獣性を突きつめて行く作家であるから、現代の社会を背景に取り入れた日本的ナナの物語が多くの読者を戦慄せしめたであろう。然し彼は大衆に悦ばれるようなものを書いても浅くなく、現実を曝露しても冷くなく、実験的であっても湿《うるお》いがあり、好色の男女を描いても生気と健康とを失わない。（中略）あのドレフュウス事件では人道のために悪戦苦闘した彼が、先輩ルウソオと枕を並べて巴里のパンテオンに葬らるる人となったことさえ不思議であるのに、今またその遺著が現代の日本に要求され、諸家の筆に訳さるる日を迎えたことは、おそらく生前の彼が夢想だもしなかったことであろうと思う。》

文中の〝ドレフュウス事件〟とは、フランスの軍人ドレフュウス大尉が参謀本部勤務中にドイツ大使館へ軍事機密文書を売却したという容疑で捕えられ、終身刑の有罪となった事件である。軍事裁判の手続きに疑いを抱いたゾラは再審請求運動を展開してフランス政府と対立し、身の危険を感じてイギリスに亡命しながら政府や軍事裁判を弾劾する文章を発表し続けた。その結果、ドレフュウスの無罪が確認され、ゾラはフランスの誇る最も勇敢な知識人として人びとの称讃を浴びた。後年、ゾラの半身像に刻まれた〈われ弾劾す〉の大文字はあまりにも有名である。

滞仏中にゾラの著作にも親しんだという藤村は、当然ゾラの文学理論として知られる「実験小説論」にも目を通していたはずである。フランス生理学の権威者である友人クロード・ベルナールから『実験医学序説』を贈られたゾラは「実験小説論」の冒頭で、「たいていの場合、『実験医学序説』原文の〈医者〉という言葉を〈小説家〉と置き換えるだけで、わたしの思想は明らかになり、読者は科学的真理のきびしさを獲得してくださるであろう」（古賀照一訳）と述べ、クロード・ベルナールの実験的方法をそのまま自身の創作手法に適用することを宣言している。

ダーウィンの進化論を踏まえて提起されたテーヌの〈民族・環境・時代〉の三因子については、すでに北村透谷が明治二十三年に『女学雑誌』掲載のエッセー「文学史の第一着は出たり」で取り上げている。学生時代にテーヌの英訳本『英文学史』を愛読し、卒業後に巌本善治の知遇を得て『女学雑誌』の仕事を手伝っていた藤村は、このエッセーを初めとして次第に透谷の作品に関心を寄せるようになる。巌本の紹介で藤村が四歳年長の透谷を訪ねて親交を深めるようになるのは、明治二十五年二月の『女学雑誌』に掲載された透谷の評論「厭世詩家と女性」を読んで感動した直後である。

剣持武彦は「島崎藤村『夜明け前』への一視点」（『島崎藤村研究』第二号）の冒頭で、「藤村の『夜明け前』の風土と人間と時代の設定のしかたに、テーヌ『英文学史』の序論における三つの原理、民族・環境・時代、が働きかけているのではないか」と問題を投げかけているが、これは正鵠を射た提言である。

藤村の「夜明け前」が、ダーウィンやテーヌやクロード・ベルナールらの科学的実証主義に基づいて実験を試みたゾラの『ルーゴン・マッカール叢書』を視野に入れて構想したものであることを考えれば、〈遺伝〉は島崎家の歴史的な血統であり、〈環境〉は木曽路の馬籠宿であり、〈時代〉は幕末から明治への過渡期だということになる。ゾラが作品の中でこの三要素を対等に扱ったように、藤村も古い歴史と伝統に支えられた作中の青山家と、山林に依存するしか生活の手段を持たない馬籠宿と、封建社会から近代市民社会へと変貌する国の姿とを対等に扱い、物語を可能な限り客観的・実証的に記述することに努めている。つまり、「夜明け前」はこの三点に立脚して主人公青山半蔵の悲劇的な生涯を描いた文明批評的性格の創作なのである。

ところが、長年藤村の告白文学に馴染んできた批評家の多くは「夜明け前」をもその延長線上で捉え、父・島崎正樹をモデルにした〈私小説〉だとか、明治維新史を庶民の視点から描いた〈歴史文学〉だなどと、作品の一面のみを取り上げて論評する傾向があった。猪野謙二は岩波文庫『夜明け前』の解説で、藤村の「破戒」から「新生」までのいわゆる自然主義文学は日本の近代小説の特質を語るのに最もふさわしい作品として評価できるが、「夜明け前」をそれらの作品の延長線上に位置づけて論ずることには何か割り切れないものがあると前置きして、次のように述べている。

《ここには、それまでの諸作に対する批評基準ではもはや測り切れない、さらにいえばいわゆる私小説中心の日本近代小説の枠にははまり切らない、一種の異質さが存するのであって、従来とかくその読みにくさがいわれ、褒貶《ほうへん》がはっきりと別れてきたゆえんもそこにあったといえよう。

だがすくなくとも、今日の新しい読者にとっては、この長篇は「破戒」や「家」や「新生」にくらべて、いわばより問題的な作品となっているのではないか。近ごろ批評家の篠田一士は、「もし世界文学というべきものが近い将来構成されるとすれば、『夜明け前』は当然、たとえば、『戦争と平和』の隣りに並ぶことになるだろう。」といい、また作家の野間宏はこれを「近代を超えて現代に通じるものを内に大きくかかえこんでいる」「近代日本文学のもっとも重要な作品の一つ」として、ともにほとんど最高の評価を与えているのも決して偶然ではないだろう。》

藤村が「夜明け前」の発表を開始した昭和四年（一九二九）当時の日本の文壇は、プロレタリア文学の全盛期を迎えていたので、文学作品を特定のイデオロギーで評価する傾向が強かった。そのために、主人公が本居宣長や平田篤胤の国学を信奉して古代復帰と国家神道を力説するこの作品を、国粋主義の保守反動だとか時代錯誤《アナクロニズム》だと非難する見方がある一方で、地方の一庶民が下層民の救済を訴えて奔走したにも拘らず、国家に裏切られて自滅する姿に昭和初期の虐げられた労働者階級を重ね合わせ、「夜明け前」を文字どおり〈プロレタリア革命前夜〉の隠喩として捉える見方まで出ている。

このように肯定と否定が錯綜する批評傾向は、「夜明け前」が完結して昭和十年十一月に新潮社から第一部と第二部が同時刊行された直後から起こり、今なお続いている。昭和十一年に『文学界』五月号で「夜明け前」の合評会が企画され、劇作家の村山知義をはじめ、舟橋聖一・島木健作・阿部知二・武田麟太郎・林房雄・河上徹太郎・小林秀雄ら、中堅の作家と評論家が八名出席している。すでに村山知義脚色の舞台劇「夜明け前」がこの年の三月に築地小劇場で上演され、藤村も観劇したという。

合評会での大方の意見は、巨匠のライフ・ワークであること、日本人の気質がよく描かれていること、史実に忠実であること、などではほぼ一致しているが、文芸作品としてどう評価するかという点になると、文壇の大先輩に対する遠慮もあって、みな困惑を隠しきれずにいる。結局最後には、「左翼の連中が見れば左翼の都合のいいように解釈でき、右翼の人が見れば右翼の都合のいいような解釈の出来る作品」（島木）ということになってしまう。作品を脚色した村山知義は、「一般的にいえば、歴史小説と普通のものとの区別はね、人間が芸術的に形象化されているかどうかという点にあるんだがね、『夜明け前』なんかの場合は人間が充分に描けていないという点にはずいぶん不満な点がある」と述べているが、これに対して小林秀雄は次のように弁護している。

《人間が描けていないという様な議論もあったが、これは作者が意識して人物の性格とかを強調しなかったところからくる印象ではあるまいか。みんな生き生きとしている。概念的な人物は一人も出て来ない。ただ、人間は或いは木曽の風物、或いは都会の雰囲気のなかに織り込められていて、際立った輪廓を示していないだけだ。》

また小林は、出席者の多くが「夜明け前」を特定のイデオロギーで意味づけようとしていることに対しても、「僕にはどうもこの小説に流れているものが思想とよぶべきものかどうかがそもそも疑問なのである。少なくとも僕等の耳や頭にひびいている思想という音は、この小説にはひびいていない。『夜明け前』のイデオロギイという言葉自体が妙にひびくほど、この小説は詩的である。この小説に思想を見るというよりも、僕は寧ろ気質を見ると言いたい。作者が長い文学的生涯の果に自分のうちに発見した日本人という絶対的な気質がこの小説を生かしているのである。個性とか性格とかいう近代小説家が戦って来た、又藤村自身も戦って来たもののもっと奥に、作者が発見し、確信した日本人の血というものが、この小説を支配している。この小説の静かな味わいはそこから生れているのである」と述べて、「夜明け前」を概念的なイデオロギーで捉えることを戒めている。

藤村は田山花袋や徳田秋声らと共に日本自然主義の代表的な作家と言われてきた。主情的な告白を特徴とする日本の自然主義は、科学的な実証主義に基づくフランスの自然主義とは著しく性格を異にする。これに関連して藤村は「飯倉だより」（大正一一年九月）の中で次のような感想を述べている。

《吾国ではバルザックのような作者を出さず仕舞いに終るのであろうか。何故、日本の自然主義はもっと力強いものを生まなかったかと言う人もあるが、層々相重なる石造の建築物を見るようなバルザックの作品を産み出したのは、独り文学の力ばかりでは無い。その背景にはパスツウルの細菌研究となり、ポアンカレの数学や天文学となった仏蘭西の科学の力の潜むことを想って見ねばならない。

吾国の作家の多くはその素質に於いてアンプレショニスト（印象主義者）であるということが出来よう。そこには吾ら日本人の長処もあり、短処もある。》

前年に文壇から生誕五十年を祝ってもらった藤村は、この年の一月から『藤村全集』全十二巻の刊行が開始されたのを契機に、近代リアリズム文学の父と言われたバルザックの向こうを張って、日本における最初の本格的なリアリズム小説の執筆に野心を燃やしていた。その際、藤村が作品構想の手本に選んだのが、〈遺伝・環境・時代〉の三要素を踏まえたゾラの『ルーゴン・マッカール叢書』だったのである。従って、ゾラの創作方法を採用した「夜明け前」は藤村の他の主情的な長篇とは明らかに異質であり、日本の亜流自然主義文学の範疇には収まらない。本格的な自然主義文学という意味では、日本の近代文学史上、「夜明け前」は唯一の作品であると言っていい。この異質性をわきまえないと、「夜明け前」の全体像は捉えがたい。

二、幕藩体制崩壊と黒船の脅威

藤村は「夜明け前」の導入部に、物語の進行役として二人の人物を配している。一人は主人公半蔵の父・青山吉左衛門であり、今一人は隣家の伏見屋の当主・小竹金兵衛である。二人は馬籠宿の宿役人として駅路の一切を取り仕切ってきた宿場の顔役である。青山家と小竹家は先代から親戚同然の付き合いをしてきた間柄であるが、両家に出入りしている中津川の医師・宮川寛斎によると、町人気質の金兵衛には「商才に富む美濃人の血が混り合っている」のに対して、馬籠村を開拓した青山家の先祖の血を受け継ぐ吉左衛門は「多分に信濃の百姓である」という。金兵衛は、「持ち前の快活さで、家では造り酒屋のほかに質屋を兼ね、馬も持ち、田も造り、時には米の売買にもたずさわり、美濃の久々里あたりの旗本にまで金を貸して」いる分限者である。一方、吉左衛門は「金兵衛さんの家と、おれの家は違う」と言って、跡継ぎの半蔵に十六代も続いてきた青山家の歴史を繰り返し語り聞かせてきた。

青山家の先祖が木曽に入って郷士となり、馬籠その他数か村を開拓して代官を務めたのは木曽義昌の時代であること。関ヶ原の合戦の時は徳川方に味方して馬籠の砦で犬山勢を防ぎ、その戦功によって帰農後は代々馬籠の本陣・問屋・庄屋の三役を兼務することになったことなど。こうして、「隣家の伏見屋などにない古い伝統が年若な半蔵の頭に深く刻みつけられた」という。

宿場の三役を務め、生活の苦しい村人の相談に乗ってきた吉左衛門は、とりわけ小前《こまえ》（零細農民）の苦境に同情してきた。山間地の馬籠は岩石が多く農耕に適さない土地なので、村びとの多くは豊かな山林に依存して生計を営んできた。しかし、その山林にも尾張藩によって巣山《すやま》（鷹の巣保護の山）・留山《とめやま》（藩収益の御用山）・明山《あきやま》（開放林の山）の区別が設けられ、巣山と留山には村びとの立ち入りは禁じられ、立ち入りを許されている明山でも良材の木曽五木（檜木《ひのき》・椹《さわら》・明檜《あすひ》・高野《こうや》槙《まき》・榑《ねずこ》）の伐採は厳禁された。尾張藩は森林資源保護と洪水防止の名目で停止木《ちょうじぼく》（伐採禁止木）を取り決めているが、実際は藩の財源として維持されてきた。

日頃から役人に、「木曽山の木一本伐ると首一つ」と脅かされてはいても、生活苦にあえぐ村びとの中には高値でさばける五木を盗伐する者が相次ぎ、山役人に捕えられて処分される光景も珍しくなかった。盗伐者の吟味は福島の代官所から派遣される役人によって、本陣の門内で行われるのが慣例である。若者から七十歳過ぎの老人まで六十一人もの盗伐者が、腰縄手錠の罪人扱いで取り調べを受けた時の光景は、当時十八歳の半蔵の目に強く焼きついており、彼らが二十日間も宿役人宅に預けられて放免になった時、手錠を解かれた小前の一人が役人の前でおずおずと訴えた言葉も、半蔵には忘れられなかった。

《畏れながら申し上げます。木曽は御承知のとおりな山の中でございます。こんな田畑もすくないような土地でございます。お役人様の前ですが、山の林にでもすがるよりほかに、わたくしどもの立つ瀬はございません。》

もちろん、役人は聞く耳を持たなかった。こんな時の後始末をするのも、庄屋としての吉左衛門の仕事である。半蔵は、苦境にあえぐ村びとと支配階層との板挟みにあって苦慮する吉左衛門の姿を見て育った。

古くは、木曽の山林に入山禁止も停止木制もなく、村民は自由に伐採して年貢や建築材に当てていた。ところが、濫伐がたたって山林が荒廃し、洪水の原因にもなったので、尾張藩は享保十四年（一七二九）に木種の良質な山地を選んで留山とし、木曽の山林全体に停止木制を設けたのである。

時代が移っても停止木制は改められなかったので、木曽谷住人たちの盗伐はその後も増え続けた。その盗伐の中に〈背伐り〉と称する方法がある。禁制の檜木の外側の樹皮を二メートルほど上手に剝いで樹木の半分を伐り取り、その跡を再び樹皮で覆って、見た目には気づかれないようにする盗伐法である。これが発覚すると罰金の上、他郷へ追放という重い刑が科される。それでも死活問題を抱える零細農民の〈背伐り〉は後を絶たず、たびたび本陣・青山家の門内で役人による冷酷非情な吟味が行われた。

支配層が〈大義名分〉を掲げて一旦取り決めた制度を、それによって地域住民がいかに迷惑し困窮しても改めようとしないのは、権力を笠に着た官僚主義の悪弊である。後年、山林解禁運動に奔走する半蔵は、「享保以前に復して御停止木を解き、山林なしには生きられない地方の人民を救い出してほしい」と訴えつづけ、民衆の生活を顧みない不条理な制度を維持する公権力に繰り返し抗議した。

青山家の古い歴史と伝統を父に叩きこまれて成長した半蔵は、「父の吉左衛門に似て背も高く、青々とした月代《さかやき》も男らしく目につく若者」で、気質も父に似て一本気なところがある。早くから父の薫陶《くんとう》を受けて学問に興味をもった半蔵は、自分の名前を書くことも知らない村びとの多いことを心配して、十六歳の時に村の子供たちを自宅に集めて寺小屋を始めた。無学な村童に〈読書、習字、珠算〉を教えることで自分自身をも育てようと考えたのである。多い年には十六、七人の子供たちが彼のもとへ通ってきた。

その一方で半蔵は、「自分は独学で、そして固陋《ころう》だ。もとよりこんな山の中にいて見聞もすくない。どうかして自分のようなものでも、もっと学びたい」と思い立ち、やがて人を介して中津川在住の宮川寛斎に師事するようになる。馬籠にも知人の多い医師の寛斎は、漢学と国学にも精通している学者肌の温厚な人物で、平田派の門人でもある。半蔵は寛斎宅で寛斎の義弟・蜂谷香蔵と識り合う。香蔵は酒造業を営む和泉屋の跡継ぎで、のちに中津川の問屋を務める人である。

更に学友として中津川の本陣を務める浅見景蔵も加わり、平田篤胤の国学を学ぶ三人の学友は寛斎門下の〈三蔵〉と呼ばれた。

《半蔵は、この師に導かれて、国学に心を傾けるようになって行った。二十三歳を迎えたころの彼は、言葉の世界に見つけた学問のよろこびを通して、賀茂真淵、本居宣長、平田篤胤などの諸先輩がのこして置いて行った大きな仕事を想像するような若者であった。》

馬籠宿の三役を兼務する青山家の後継者の半蔵は、ペリーの黒船が来航した嘉永六年（一八五三）に、妻籠《つまご》宿本陣・青山寿平次の妹お民を妻に迎えることになった。両家は同じ先祖の青山監《けん》物《もつ》から別れた兄弟の間柄である。二十三歳の半蔵と十七歳のお民の結びつきは、「当人同志の選択からではなくて、ただ父兄の選択に任せたのであった。親子の間柄でも、当時は主従の関係に近い。……初めて二人が妻籠の方で顔を見合わせた時、すべてをその瞬間に決定してしまった。長くかかって見るべきものではなくて、一目に見るべきものであった」からである。

馬籠の青山家の当主・吉左衛門は先代の養女お袖に婿入りした人であるが、お袖は半蔵を産んで二十数日後に産褥熱で急死する。半蔵の乳母を務めたおふき婆さんの語るところによると、「半蔵さま、お前さまは何も知らっせまいが、おれはお前さまのお母《つか》さまをよく覚えている。お袖さまは、美しい人だったぞなし。あれほどの容色《きりよう》は江戸にもないと言って、通る旅の衆が評判したくらいの人だったぞなし。あのお袖さまが煩って亡くなったのは、あれはお前さまを生んでから二十日ばかり過ぎだったずら。おれはお前さまを抱いて、お母《つか》さまの枕もとへ連れて行ったことがある。あれがお別れだった。三十二の歳の惜しい盛りよなし。――」とのことであった。

その二年後に、三十五歳の吉左衛門は高遠藩の砲術指南役・阪本天山の孫娘おまんと再婚する。当時二十三歳のおまんもまた再婚者であるが、漢籍と日本の古典に親しむ知識人であった。数えの三歳の時からおまんに養育された半蔵は、万事折り目正しい継母に頭があがらず、結婚後も継母の前では、お民がおかしく思うほど言動に気を遣ったものだという。

《生みの母を求める心は、早くから半蔵を憂鬱にした。その心は友だちを慕わせ、師とする人を慕わせ、親のない村の子供にまで深い哀憐《あわれみ》を寄せさせた。（中略）馬籠本陣のような古い歴史のある家柄に生まれながら、彼の目が上に立つ役人や権威の高い武士の方に向かわないで、いつでも名もない百姓の方に向かい、従順で忍耐深いものに向かい向かいしたというのも、一つは継母《ままはは》に仕えて身を慎んで来た少年時代からの心の満たされがたさが彼の内部《なか》に奥深く潜んでいたからで。この街道に荷物を運搬する牛方仲間のような、下層にあるものの動きを見つけるようになったのも、その彼の目だ。》

半蔵が結婚した嘉永六年は、ペリーの黒船来航によって日本国中が大混乱に陥った年である。

幕府の緊急国防策に便乗した地方の役人が、江戸からの通達と称して庄屋たちに「海岸警衛のための国防献金の上納」を申し渡し、調達金を着服するようになるのもこの年からである。封建社会の秩序が音立てて崩れ出し、すでに「殺人、盗賊、駆け落ち、男女の情死、諸役人の腐敗沙汰など」がこの街道筋でも珍しくなくなったことを嘆く吉左衛門は、「あの御勘定所のお役人なぞがお殿様からのお言葉だなんて、献金の世話を頼みに出張して来て、吾家《うち》の床柱の前にでも座り込まれると、わたしはまたかと思って」ゾッとすると洩らす。

馬籠宿に藩財政の立て直しのためと称して上納金百両を割り当てられた時も、吉左衛門は自分でかき集めた金に村の頼母子講《たのもしこう》の積立金を加えて納めに行ったが、この時、福島代官所の役人は吉左衛門の前に一通の書付を示した。その内容は、「藩の財政立て直しに協力を依頼したところ、宿場の頼母子講を利用し、掛け金をしている農民を諭して御奉公したことは殊勝である。よって一代限りの名字帯刀の免許を与える」というものである。しかも書付の発行者は尾張の殿様でも福島の山村代官でもなく、四人の下役人の連署である。相互扶助の目的で積み立てられている農民のささやかな掛け金が、恩着せがましい一枚の紙切れと引き替えに、こんな手口で小役人どもに吸い上げられてゆくのである。

役人は日頃からやかましく〈街道の秩序〉を口にしたが、その秩序を乱すのは、他ならぬ役人たちであった。博打《ばくち》の厳禁を通達しておきながら、毎年の馬市《うまいち》に公認の賭博場を開設するのは福島代官所の役人であり、袖の下（賄賂）は法度《はっと》になっているにもかかわらず、大名行列や日光例幣使（天皇の名代）の通行には宿場ごとに多額の祝儀が要求される。温厚実直な吉左衛門はそれに耐えてきたが、一途な気質の半蔵には不愉快極まることであった。

その半蔵にも一つの転機が訪れた。安政三年（一八五六）に馬籠の万福寺に松雲和尚が寺小屋を開き、松雲と半蔵が子弟の教育に当たることになる。この年の三月、半蔵夫婦に長女が誕生し、半蔵も人の子の親になった。

《お粂《くめ》というのがその子の名で、それまで彼の知らなかったちいさなものの動作や、物を求めるような泣き声や、無邪気なあくびや、無心なほほえみなぞが、なんとなく一人前になったという心持ちを父としての彼の胸の中によび起こすようになった。その新しい経験は、今までのような遠いところにあるものばかりでなしに、もっと手近なものに彼の目を向けさせた。》

この年の夏に起こった牛方事件は、半蔵に新しい時代の到来を予感させるものであった。古くから「木曽路の荷物は馬ばかりでなく、牛の背で街道を運搬されていた」が、それを取り仕切るのは宿場の問屋《といや》である。馬方に比して牛方は賃金も安く、その日暮らしの者が多かった。中津川宿から江戸方面の送り荷を扱うのは木曽路下《しも》四宿の牛方である。ところが、中津川宿の顔役の問屋角十《かどじゅう》（角屋十兵衛）は、荷物送り状の書き替えや駄賃の上刎《うわは》ねをして、牛方を低賃金で酷使し、永年暴利をむさぼってきた。荷主に無断で送り状を書き替えることは問屋の信用に関わる問題である。角十の依怙贔屓《えこひいき》と強欲非道に泣かされてきた牛方仲間は、牛方を束ねる牛行司を中心に団結して、遂に角十の荷物を取り扱わないことを決議した。この争議が牛方事件である。

同じく問屋を務める青山家では考えられないことだったので、半蔵は牛方の一人に事件の顛末を問いただし、「場合によっては、吾家《うち》の阿父《おやじ》に話して」調停役を買ってもいいと提案したが、相手にされなかった。

《この事件は、お前さま、きのうやきょうに始まったことじゃあらすか。角十のような問屋は断わりたい。もっと他の問屋に頼みたい。そのことはもう四、五年も前から、下海道《しもかいどう》辺の問屋でも今渡《いまど》（水陸荷物の集散地）の問屋仲間でも、荷主まで一緒になって、みんな申し合わせをしたことよなし。ところが今度という今度、角十のやり方がいかにも不実だ、そう言って峠（村）の牛行司が二人とも怒ってしまったもんで、それからこんなことになりましたわい。（中略）まあ、見ていさっせれ——牛方もなかなか粘りますぞ。いったい、角十は他の問屋よりも強欲すぎるわなし。それがそもそも事の起こりですで。》

大口の問屋角十を向こうに廻して争った牛方事件は、八月六日から二十五日まで続いて牛方の勝利に終った。多くの荷主が角十との契約を解除して他の問屋に鞍替えしたことも牛方には有利に働いた。半蔵は「あらゆる問屋が考えて見なければならないような、こんな新事件は彼の足もとから動いて来た」ことに驚き、日頃は従順な最下層の牛方仲間が粘り強い団結心で理不尽な宿場の顔役を屈服させたことに、時代の変化を読み取った。

牛方事件が一段落した初秋の頃、半蔵の妻お民の兄・青山寿平次が、重要な話を持って馬籠へやって来た。半蔵より一歳年少の寿平次は、亡父の跡を継いで妻籠宿の本陣を務める苦労人である。寿平次の語るところによると、先ごろ妻籠本陣に宿泊した旅人が〈窠《か》に木瓜《もっこう》〉の青山家の定紋を見て、それが自分の定紋と同じなのに気づき、挨拶に出た寿平次に問いただしたという。その結果、相州三浦の公郷《くごう》村に住む山上七郎左衛門と名告る客は、青山一族の本家の当主であることが明らかになる。寿平次は「一夜の旅人と親類の盃までかわして、系図の交換と再会の日とを約束して別れた」という。

寿平次は半蔵の家族の前で、半蔵と二人で公郷村の山上家を訪問してみたいと提案する。先祖を誇りに思う吉左衛門の賛意を得て、ここから青山一族のルーツ確認の旅が始まる。吉左衛門は、「半蔵も思い立って出かけて行って来るがいいぞ。江戸も見て来るがいい——ついでに、日光あたりへも参詣して来るがいい」と、自分の後継者に見聞を広げる機会を与える。

初めて江戸へ出る機会を与えられた半蔵に、実は一つの悲願があった。それは、中津川の宮川寛斎に就いて学んだ平田派の国学を深めるために、亡き篤胤の後継者である平田鉄胤《かねたね》に面会して入門の許可を得ることである。

《長いこと見聞の寡《すくな》いことを嘆き、自分の固陋《ころう》を嘆いていた半蔵の若い生命《いのち》も、ようやく一歩《ひとあし》踏み出して見る機会をとらえた。その時になって見ると、江戸は大地震後一年目の復興最中である。そこには国学者としての平田鉄胤もいる。鉄胤は篤胤大人《うし》の相続者である。かねて平田篤胤没後の門人に加わることを志していた半蔵には、これは得がたい機会でもある。のみならず、横須賀海岸の公郷村とは、黒船上陸の地点から遠くないところとも聞く。半蔵の胸はおどった。》

安政三年十月上旬、若い使用人の佐吉を供にした半蔵は妻籠宿で寿平次と合流し、木曽路を江戸へ向かって旅立った。馬籠から江戸まで八十三里（三三二粁）を徒歩で進んだ一行三人は、十二日目に江戸に到着し、予約しておいた両国の旅籠《はたご》・十一屋に投宿した。十一屋は同郷の人が経営している宿屋である。

旅の途中で追分宿の名主から見せられた松代《まつしろ》藩の書面に、「さて、このたびの異国船、国名相尋ね候ところ、北アメリカと申すところ。大船四艘《そう》着船。もっとも船の中より、朝夕一両度ずつ大筒《おおづつ》など打ち放し申し候よし。町人並びに近在のものは賦役《ふえき》に遣わされ、海岸の人家も大方うちつぶして諸家（各藩主）様のお堅め場所となり、民家の者ども妻子を引き連れて立ち退《の》き候もあり、米石《べいこく》日に高く、目も当てられず。実に戦国の習い、是非もなき次第にこれあり候」とあったので、十一屋の隠居にそのことを尋ねてみた。隠居は、懇意にしている幕府奥詰めの医師・喜多村瑞見から聞いたという、十二代将軍徳川家慶《いえよし》がペリーとの対応に苦慮して病死した話をしたあとで、次のように語った。

《わたしはあの公方《くぼう》様の話を思い出すと、涙が出て来ます。何しろ、あなた、初めて異国の船が内海に乗り入れた時の江戸の騒ぎはありませんや。諸大名は火事具足で登城するか、持ち場持ち場を堅めるかというんでしょう。火の用心のお触れは出る。鉄砲や具足の値は平常《ふだん》の倍になる。海岸の方に住んでるものは、みんな荷物を背負って逃げましたからね。わたしもこんな宿屋商売をして見ていますが、世の中はあれから変わりましたよ。》

半蔵も寿平次も、「木曽の山の中にいて想像したと、出て来て見たとでは、実に大した相違である」ことを実感した。投宿して三日目に半蔵は宮川寛斎の紹介状を持参して平田鉄胤を訪問し、その場で入門を願い出た。即刻入門を許された半蔵は、用意してきた誓詞・酒魚料・扇子一箱・入門納金などを鉄胤の前に差し出した。鉄胤は、「平田篤胤没後の門人と心得よ」と申し渡して半蔵の納金を篤胤の霊前に供えた。この時、篤胤の霊前で読み上げた誓詞が、これ以後の半蔵の言動を規制し、仏教・儒教・キリスト教を異教として退ける復古神道の国粋主義へと半蔵を駆り立てることになる。

誓　詞

「このたび、御門入り願い奉り候ところ、御許容なし下され、御門人の列に召し加えられ、本懐の至りに存じ奉り候。しかる上は、専ら皇国の道を尊信いたし、最も敬神の儀怠慢いたすまじく、生涯師弟の儀忘却仕るまじき事。／公の御制法に相背き候儀は申すに及ばず、すべて古学を申し立て、世間に異様の行ないをいたし、人の見聞を驚かし候ようの儀これあるまじく、ことさら師伝と偽り奇怪の説など申し立て候儀、一切仕るまじき事。／御流儀においては、秘伝口授など申す儀、かつてこれなき段、堅く相守り、さようの事申し立て候儀これあるまじく、すべて鄙劣《ひれつ》の振舞《ふるまい》をいたし古学の名を穢《けが》し申すまじき事。／学の兄弟《けいてい》相かわらず随分睦まじく相交わり、互いに古学興隆の志を相励み申すべく、我執《がしゅう》を立て争論などいたし候儀これあるまじき事。／右の条々、謹んで相守り申すべく候。もし違乱に及び候わば、八百万《やおよろず》の天津神《あまつかみ》、国津神《くにつかみ》、明らかに知ろしめすべきところなり。よって、誓詞如件《くだんのごとし》。」

安政三年十月　　　　　　　　信州、木曽、馬籠村　　青山半蔵

平田鉄胤大人御許《おんもと》

このあと、一行は往復九十里の日光詣でを済ませて再び江戸へ帰り、旧暦十一月十日過ぎに目的地の公郷村へ向かった。東海道を大森の海岸まで行って、半蔵は目を見張った。そこには「初めて目に映る蒸汽船――徳川幕府がオランダ政府から購《か》い入れたという外輪型の観光丸がその海

岸から望まれた」からである。神奈川から金沢へと進んだ一行は、金沢の港から横須賀行きの船に乗り、やがて横須賀在の公郷村に辿り着く。

　公郷村の山上家で歓待を受けた一行は、当主七郎左衛門から巻物の家系図を見せられ、三浦半島一帯を支配していた三浦氏から山上氏が分かれ、更に山上氏から青山家が分かれて木曽へ赴いた経緯を知り、改めてこの地が青山一族の遠い先祖の故郷であることを確認した。同族出会いの記念にと、山上家に古くから伝わる家宝の中から、寿平次には無銘の短刀、半蔵には尾形光琳の掛軸がそれぞれ贈られた。半蔵と寿平次は七郎左衛門に今後の親類づき合いを約し、二日間滞在して公郷村を後にした。

　青山一族のルーツ確認の旅で、半蔵は二つの貴重な体験をする。一つは〈黒船〉に象徴される外圧の実感である。従来の長崎におけるオランダの交易とは異なり、ペリー来航以来の欧米各国の軍艦は、当時の日本人の目に、「人間の合理的な利益のためには、いかなる原始的な自然の状態にあるものをも克服し尽くそうというごとき勇猛な目的を決定するもの」――即ち、力による征服者と映ったのである。開港交易を迫る彼らの目的物は、「幾世紀もかかって積み重ね積み重ねして来たこの国の文化ではなく、この島に産する硫黄、樟脳、生糸、それから金銀の類《たぐい》」であった。

　公郷村の山上家を訪れた半蔵たちは、ペリー来航の際に浦賀の番所詰めとして立ち合ったという七郎左衛門から、「日本が飽くまで開国を肯《がえ》んじないなら、武力に訴えてもその態度を改めさせなければならぬ。日本人はよろしく国法（鎖国令）によって防戦するがいい。米国は必ず勝って見せる。ついては二本の白旗を贈る。戦に敗けて講和を求める時にそれを掲げて来るなら、その時は砲撃を中止するであろう」とペリーが脅迫的な言葉を吐いたことを聞かされ、国家存亡の危機を実感する。

今一つは、平田派に正式入門を果たし、先師平田篤胤の遺訓『静の岩屋』を金科玉条として生きる決心をしたことである。半蔵はこの遺訓に従い、いかなる現象も一切は〈神の心〉であると理解し、そこから王政復古を願う尊王攘夷の排外思想を培ってゆくことになる。しかし、この章で興味深いのは、江戸の宿屋で寿平次が半蔵の国学を批判していることである。

平田鉄胤に提出する誓詞を入門の前夜に見せられた寿平次は、「半蔵さん、君の誓詞には古学ということがしきりに出て来ますね。一体国学をやる人はそんなに古代の方に目標を置いてかかるんですか。過去はそんなに意味がありますかね」と疑問を呈する。すると半蔵はすかさず、「君のいう過去は死んだ過去でしょう。ところが、篤胤先生なぞの考えた過去は生きてる過去です。明日は、明日はッて、みんな明日を待ってるけれど、そんな明日はいつまで待っても来やしません。今日は、君、またたくまに通り過ぎて行く。過去こそ真《まこと》じゃありませんか」と反論する。

半蔵の持論である〈復古〉とは、暗い中世以降の武家政治を否定して、天皇親政の大らかな古代へ帰ることである。中世以降の日本の文化や政治は外来思想によって濁っているので、それ以前の明るい古代を目指して〈自然に帰れ〉と教えるのが本居宣長や平田篤胤の復古思想なのだと半蔵は力説する。それに対して寿平次は、「平田派の学問は偏り過ぎるような気がして仕方がない。こんな時世になって来て、そういう古学はどんなものでしょうかね」とやり返して半蔵を苛立たせる。

藤村は作中で、半蔵の神がかり的な復古論を批判させるために、寿平次を穏健な現実主義者に仕立てているのである。そこには、「夜明け前」執筆当時、近世の国学を踏襲して台頭してきた皇国史観への藤村の懸念が読み取れる。万世一系の天皇制支配を日本の〈国体〉と位置づけて、国粋主義と排外主義を正当化する皇国史観は、昭和初年に右翼や軍部と結びついて発言力を増し、神話を採り入れた歴史教育で戦争を美化する狂信的なイデオロギーを鼓吹しはじめていた。そのことへの警戒心が藤村にはあったのである。

三、栗本鋤雲著『匏菴十種』の翻案

欧米の外圧による時勢の急激な変化と国学の王政復古とは、体制の変革という点では必ずしも矛盾するものではないが、外来文化を否定せずにその取捨選択を説く篤胤の『静の岩屋』を半蔵は狭く解釈して排外思想に結びつけ、力づくで開港を迫る欧米五か国の要求を断固として退けることこそ〈神の心〉に叶うものだと考えた。

《新たな外来の勢力、五か国も束になってやって来たヨーロッパの前に、はたしてこの国を解放したものかどうかのやかましい問題は、その時になってまだ日本国じゅうの頭痛の種になっていた。先入主となった黒船の強い印象は容易にこの国の人の心を去らない。横浜、長崎、函(ママ)館の三港を開いたことは井伊大老の専断であって、朝廷の許しを待ったものではない。京都の方面も騒がしくて、賢い帝《みかど》の心を悩ましていることも一通りでないと言い伝えられている。開港か、攘夷か。これほど矛盾を含んだ言葉もない。また、これほど当時の人たちの悩みを言いあらわした言葉もない。前者を主張するものから見れば攘夷は実に頑執妄排であり、後者を主張するものから見れば開港は屈従そのものである。どうかして自分らの内部《なか》にあるものを護り育てて行こうとしているような心ある人たちは、いずれもこの矛盾に苦しみ、時代の悩みを悩んでいたのだ。》（箱館が函館になるのは明治二年であるが、藤村はすべて函館と表記）

国論・藩論が二分して、各藩とも尊王攘夷か佐幕開港かで大揺れに揺れていたその最中に、幕府の実権を握る大老・井伊直弼《なおすけ》（彦根藩主）が桜田門外で水戸と薩摩の浪士に暗殺されるという事件が起こった。この事件を平田派の同志は、尊王攘夷派を弾圧してきた井伊大老に対する天誅もしくは神罰として捉えているが、藤村は半蔵らとは異なる視点から井伊を評価している。

藤村が「夜明け前」を執筆していた当時の井伊直弼に対する評価は、官学アカデミズムを支配していた皇国史観の影響もあって、攘夷を主張する朝廷を差し置き、独断専行で欧米五か国と通商条約を結んだことを、出過ぎた不忠者として非難する傾向が強かった。とりわけ、安政の大獄（一八五八年）で勤王派の公卿・大名・志士を百余名も弾圧し、吉田松陰ら八名の学者・思想家を死刑に処したことも、井伊を悪役に仕立てる材料になっていた。

これに対して藤村は、井伊が朝廷に逆らって開港したことで「天地も容れない大罪を犯したように評するものが多い」としながらも、「もしこの決断がなかったら、日本国はどうなったろう。軽く見積もって蝦夷はもとより、対州《つしま》も壱岐《いき》も英米仏露蘭の諸外国に割《さ》き取られ、内地諸所の埠頭は随意に占領され、その上に背負い切れないほどの重い償金を取られ、シナの道光《どうこう》時代の末

（アヘン戦争による植民地化）のような姿になって、独立の体面はとても保たれなかったかもしれない。大老がこの至険至難をしのぎ切ったのは、この国にとっての大功と言わねばなるまい」とする見解を紹介している。

ここには、政策的に右傾化が進められていた昭和初年代の歴史認識に対する藤村の覚めた目が働いている。藤村は父をモデルにした青山半蔵の国学信奉に一応の理解を示しながらも、半蔵の生きた時代を複眼的に捉えることによって歴史的な偏見を修正し、皇国史観と異なる史観に基づいて社会や人物を描いている。

幕末の歴史認識で藤村が依拠した文献に、栗本鋤雲《じょうん》の回想録『匏菴十種』（明治二五年三月刊）がある。鋤雲（別号匏菴《ほうあん》、一八二二―一八九七）は本名を哲三と言い、幕府奥詰の医師・喜多村槐園《かいえん》の三男に生まれたが、二十七歳の時に父の同僚の医師・栗本瑞見の家を継いで六世瑞見を名告り、幕府奥詰の医師となった。「夜明け前」にたびたび登場する「遠い蝦夷の地で採薬、薬園、病院、疎水、養蚕等の施設を目論んでいる函館開港地の監督・喜多村瑞見」のモデルは栗本鋤雲である。

幕府医官長の忌諱《きい》に触れて箱館奉行所に左遷された鋤雲は、八年後に幕政の中枢に抜擢されて江戸へ帰り、学問所（昌平黌《しょうへいこう》）頭取に就任する。その後、軍艦奉行・外国奉行を歴任し、横須賀造船所建設、フランス式陸軍の伝習、フランス語学所開設など、新日本建設の土台作りに貢献した。親仏派の同僚小栗上野介忠順《ただまさ》が造船所建設の巨費捻出を工面した時、「愈々出来《しゅったい》（遣り操り不可）の上は旗号に熨斗《のし》を染出すも猶ほ土蔵附売家の栄誉を残すべし」と言って、費用を心配する鋤雲を力づけた話は有名である。

箱館時代にフランス領事の通訳メルメ・デ・カションと親交を深めて以来フランス語に堪能な鋤雲は、慶応二年八月、フランス公使に任ぜられて渡仏したが、幕府の瓦解に伴って翌年五月に帰国した。深い学殖と広い視野に立った外交手腕で幕府の屋台骨を支えてきた鋤雲は、維新後、明治政府に招聘されたが仕官を固辞し、名利を捨てて小石川の大塚に隠棲した。しかし、仮名垣魯文の紹介で「郵便報知新聞」社主から三顧の礼をもって迎えられた鋤雲は、明治六年から同十八年まで同社の主筆を務め、明治の気骨ある言論人として盛名を馳せた。箱館時代に書き始めた『匏菴十種』は、幕政の裏面史に通暁する一幕臣が自らの実体験から紡ぎ出した幕末・維新史論である。

長々と栗本鋤雲に言及してきたのは、他でもない。藤村が「夜明け前」第一部第四章に展開している幕末の政治状況に関する記事の多くは、いずれも鋤雲の『匏菴十種』からの翻案であり、傾きかけた幕府を救済するために抜擢されて大名をも取り締まる権限の監察役に就いた岩瀬肥後守忠震《ただなり》を藤村が作中で好意的に取り上げているのも、岩瀬はかつて鋤雲と昌平黌で一緒に学んだ学友であり、鋤雲が最も信頼している政治家の一人だからである。

また、藤村が作中に鋤雲をモデルにした喜多村瑞見をたびたび登場させているのは、藤村にとって鋤雲は敬愛すべき学問上の師だからである。藤村は報知社から『匏菴十種』が刊行された直後の明治二十五年四月、本所二葉町の隠宅〈借紅園〉に鋤雲を訪れて教えを請い、以来鋤雲宅への出入りを許された。藤村は亡くなる直前に寄せた『栗本鋤雲遺稿』の序文で、当時七十歳を迎えていた「翁から見たら、わたしは子供のような年頃のものであったが、それからも訪ねて行く度によろこんで迎えて呉れ、あの芍薬の種類を多く集め植えてあった庭に面した翁の書斎『借紅居』で、往時を親しく語り聞かされたことは忘れられない。最後に訪ねて行った時は翁はすでに老《おい》の床にいて、枕に病み臥しながらもいろいろとお話の出たことを覚えている」と述べて、鋤雲に師事したことを生涯忘れがたいこととして心に留めている。

藤村の記憶に残る鋤雲の印象は、「徳川時代の末に於ける武士の中の武士の一人ともいうべき人であって、その物に動ぜぬ気魄《きはく》と、長い教養の効果と、日本人としての誇りとは、おそらく当時の欧米人に拮抗して敢えて下らなかったであろうと思われるに関わらず、その異郷の見聞録(パリー印象記)を読めばよく異質の文化を認め、しかもそれが自国を思う誠実から発していることを知った。そこにわたしは翁の強い把握の力を感じるばかりでなく、自国の発展に資する見地から真に他の長処の採り用うべきものは進んでそれを受け入れるような理解と同情とに富んだ天性を前世紀の日本の武士に見つけることを心強く思った」という。藤村が作中で「瑞見に言わせると」と前置きして書いている記事は、すべて『匏菴十種』からの翻案である。その一例を次に挙げてみる。

《(条約の)草稿はできた。諸大名は江戸城に召集された。その時、井伊大老が出《い》で、和親貿易の避けがたいことを述べて、委細は監察の岩瀬肥後に述べさせるから、とくときいたあとで諸君各自の意見を述べられるようにと言った。そこで大老は退いて、彼が代わって諸大名の前に進み出た。その時の彼の声はよく徹《とお》り、言うこともはっきりしていて、だれ一人異議を唱えるものもない。いずれも時宜に適った説だとして、よろこんで退出した。ところが数日後に諸大名各自の意見書を出すころになると、ことごとく前の日に言ったことを覆《くつがえ》して、彼の説を破ろうとするものが出て来た。それは多く臣下の手に成ったものだ。君侯といえどもそれを制することができなかったのだ。》(「夜明け前」)

《条款草《じょうかんそう》成るの日、大いに諸侯伯を大城に召し、大老井伊掃部頭直弼《かもんのかみなおすけ》代りて旨を演《の》べて云《いわ》く。今日各方《おのおのがた》を徴《め》すは他の故に非ず。和親貿易は当今世界公同の事、避くる能はざる而已《のみ》ならず、其の法を得れば富国強兵の基《もとい》と為すに足り、之に反すれば禍乱立ち処に至る。其の間髪《はつ》を容れず。委細は鑑察岩瀬肥後に演述せしむれば得《とく》と聴かれて後、各伏蔵《ふくぞう》無く其の意を述べられよと演《の》べ、此に於て大老退き岩瀬君代り進みて其の顚末条理を細説するに、言辞明朗少しも渋晦《しゅうかい》無ければ、聴衆悦服し唯々諾々《いいだくだく》、敢て一辞を措《お》く者無く、皆其の説の時世に適して宜しく然らざる可からざるを讃し、其の旨を謹領して退かれたりしが、何ぞ料《はか》らん、既退の後数日、各自意見書を出すに及んで尽《ことごと》く前日の言に反し粗暴軽忽《けいこつ》前後を顧慮せず、殆んど乃公《だいこう》(岩瀬自身)

の事を破らんとする者多かりしかば、君大いに驚き、始めて其の書の悉く臣下の手に成り、君侯と雖も之を制圧するの権無きを悟り……（後略）》（『匏菴十種』送り仮名等一部補筆）

「夜明け前」のこの章は安政六年（一八五九）十月、中津川の商人・万屋《よろずや》安兵衛が開港間もない横浜で異国人に生糸（練ってない絹糸）を売り込んで暴利を得る話であるが、この時安兵衛が同伴した三人の供の者に、半蔵の国学の師匠・宮川寛斎が書記役として加わっていた。前年に日米修好通商条約が調印されているので、「外国貿易は公然の沙汰となっている。生糸でも売り込もうとするものにとって、なんの憚《はばか》るところはない」と判断した安兵衛は、「中津川から神奈川まで、百里に近い道を馬の背で生糸の材料を運び」、異国人相手に一か八かの大勝負を試みた。

横浜でイギリスの貿易商人と交渉の結果、糸目百匁を一両で売買する商談が成立し、見本に持ってきた生糸一荷は即座に百三十両で売れた。生糸百匁一両は前代未聞の高値相場だったので、安兵衛は寛斎一人を連絡係として神奈川の旅籠《はたご》・牡丹屋に残し、生糸を仕入れるために一旦中津川へ帰った。

寛斎は、本居宣長や平田篤胤の流れを汲む国学者でありながら商人の手先になって異国人と商取り引きをすることに後ろめたさを感じたが、尊敬する宣長も『玉かつま』の中で、「金銀欲しからずといふは、例の漢《から》やうの虚偽《いつわり》にぞありける」と述べているから、金儲けの出稼ぎも大目に見てもらえるはずだと居直ってみる。結局、横浜での生糸売買は、糸目六十四匁で一両となり、安兵衛一行は二千四百両の利益を得ることに成功した。寛斎の義弟に当たる学友の蜂谷香蔵から、寛斎が万屋に雇われて成金《なりきん》になったと聞かされた半蔵は、裏切られた気持になり、「今まで通りの簡素清貧に甘んじて頂きたかった」と嘆き、美濃人の商魂の逞しさにあきれ返る。

藤村はこの章で、神奈川の旅籠に一人で滞在している寛斎が、江戸両国の旅籠・十一屋の隠居の紹介で喜多村瑞見と会見するという場面を仮構している。万延元年（一八六〇）二月のことであるが、モデルの栗本鋤雲が箱館でフランス人通訳カションに日本語を教え、自身もカションからフランス語を習っていた時期に相当する。

《旅の空で寛斎が待ち受けた珍客は、喜多村瑞見と言って、幕府奥詰の医師仲間でも製薬局の管理をしていた人である。汽船観光丸の試乗者募集のあった時、瑞見もその募りに応じようとしたが、時の御匙《おさじ》法師（医官長）ににらまれて、譴責《けんせき》を受け、蝦夷移住を命ぜられたという閲歴をもった人である。この瑞見は二年ほど前に家を挙げ蝦夷の方に移って、函館開港地の監督なぞをしている。今度函館から江戸までちょっと出て来たついでに、新開の横浜をも見て行きたいというので、そのことを十一屋の隠居が通知してよこしたのだ。》

ここから栗本鋤雲の『匏菴十種』を踏まえた幕末の政策論・文明論が展開される。牡丹屋で牛鍋を囲みながら、瑞見は寛斎と十一屋の隠居の前で幕政を批判する。西洋の「事情を知らない連中と来たら、いろいろなことをこじつけて、やれ幕府の上役のものは西洋人と結託しているの、なんのッて、悪口ばかり。鎖攘、鎖攘（鎖港攘夷の略）――あの声はどうです。わたしに言わせると、幕府が鎖攘を知らないどころか、あんまり早く鎖攘し過ぎてしまった。蕃書（洋書）は禁じて読ませない、洋学者は遠ざけて近づけない、その方針をよいとしたばかりじゃありません、国内の人材まで鎖攘してしまった。御覧なさい、前《さき》には高橋作左衛門を鎖攘する。土生玄碩《はぶげんせき》を鎖攘する。後には渡辺崋山《かざん》、高野長英を鎖攘する。その結果はと言うと、日本国じゅうを実に頑固なものにしちまいました。外国のことを言うのも恥だなんて思わせるようにまで――」と。

これも『匏菴十種』からの翻案であるが、鋤雲は先見の明のある監察・岩瀬肥後が旧態依然とした幕府上層部の頑迷不霊の圧力に押しつぶされて失脚したことを憤り、「是れ幕府自作の禍《わざわい》にして、君の罪に非ず」と言って、蟄居謹慎を命ぜられた岩瀬に同情している箇所である。岩瀬肥後は志を果たせないまま、文久元年（一八六一）七月に四十三歳で病没するが、鋤雲は『匏菴十種』の中で、官位を剝奪されて蟄居生活を余儀なくされた岩瀬のことを、「日々唯毫《ふで》を揮《ふる》ひ書画を認《したた》めて幽娯とせしが、後《のち》少しく弛《ゆる》まり一二の親友、時として訪《と》ひ来る有るのみ。其の余は一切拒みて逢はず。一年余積鬱《せきうつ》疾を為し、多く血を喀《は》きて死せり。今在りたらんには六十一歳なるべければ、其の時は四十二三なるべし」と記して、有為の人材の早世を惜しんでいる。

藤村も「夜明け前」でこのことに触れている。岩瀬肥後が病弱の十三代将軍家定の後継者に一橋慶喜《よしのぶ》を推し、内憂外患の折から「血統の近いものを立てるという声を排斥して、年長で賢いものを立てるのが今日《こんにち》の急務であると力説」したことが、紀州の徳川慶福《よしとみ》（後の家茂《いえもち》）を推す井伊大老の怒りに触れ、「岩瀬輩が軽賤の身でありながら柱石たるわれわれをさし置いて、勝手に将軍の継嗣問題なぞを持ち出した。その罪は憎むべき大逆無道にも相当する」と息巻いて、即刻罷免蟄居を申し渡した。遠い蝦夷地で親友の失脚を知った喜多村瑞見は、「幕府のことはもはや語るに足るものがない」と嘆息して、罰せられた岩瀬肥後を憐れんでいる。

藤村が安政五年（一八五八）から文久元年（一八六一）に至る幕藩体制崩壊期の政情を鋤雲の『匏菴十種』を下敷にして描いているのは、鋤雲の東西文明を見据えた公平な史観に共鳴しているからである。藤村は『栗本鋤雲遺稿』の序文で、「栗本翁のことに就いてわたしが語ろうとしたのは、それから昭和年度に入ってからである。それは自作『夜明け前』を発表しようと思い立った時であった。尤も、その時は文芸上の製作のことであるから、翁の実名を避け、喜多村瑞見という仮名のもとに、いささか翁の俤《おもかげ》をあの作中に写して見た。（中略）本書を開いて見ても知られるように、徳川時代の真相を語る翁の追録には皆それぞれ拠るところがあって、その意味から言っても本書は有益な文字に富む」と述べて、科学者としての鋤雲の実証的な記録を高く評価している。そんなわけで「夜明け前」における藤村の史観は、師の栗本鋤雲の史観に負うところが大きいということになる。

四、和宮降嫁の波紋と天狗党の義挙

万延元年（一八六〇）十月十九日、馬籠は二度目の大火に遭って十六軒ほど焼失し、半蔵の生まれ育った青山家も裏の土蔵だけを残して一夜のうちに灰になってしまった。翌年に入っても跡片づけは一向に捗らず、被災者は雪の中で難渋した。

そんな時、宿場に一大情報がもたらされた。十四代将軍徳川家茂《いえもち》に降嫁する皇女和宮の行列が、当初の東海道を変更して東山道（木曽街道）を通行するとの触れ書が本陣に達せられたのである。傾きかけた幕藩体制を補強するために考え出された公武合体策の一環としての将軍定茂と皇女和宮との婚姻には、朝廷方に反対者が多かった。そのために「東海道筋はすこぶる物騒で、志士浪人が途《みち》に（和宮の）御東下を阻止するというような計画がある」と伝えられたので、急遽コースを東山道に変更したのである。

《和宮様御降嫁のことがひとたび知れ渡ると、沿道の人民の間には非常な感動をよび起こした。従来、皇室と将軍家との間に結婚の沙汰のあったのは、前例のないことでもないが、種々な事情から成り立たなかった。それの実現されるようになったのは全く和宮様を初めとするという。おそらくこれは盛典としても未曽有、京都から江戸への御通行としても未曽有のことであろうと言わるる。今度の御道筋にあたる宿々村々のものがこの御通行を拝しうるというは非常な光栄に相違なかった。》

木曽路の通行はこの年の十月下旬に決まったが、とてもそれまでに本陣の母屋の新築は間に合いそうにない。しかし、尊王心の篤い半蔵は、「何をさし置いても、年取った父を助けて、西よりする和宮様の御一行をこの木曽路に迎えねばならない」と気を引きしめる。和宮の休息所には、火災を免れた問屋の九太夫の家を当てることにした。

従来、和宮降嫁は公武合体構想の象徴と位置づけられ、婚姻当時は将軍家茂も和宮も共に十六歳の若年であったことから、権力抗争の犠牲《いけにえ》となった和宮は〈悲劇の皇女〉として美化して語られることが多かった。すでに有栖川《ありすがわ》宮家と婚約済みであった和宮は、徳川家との婚姻を固辞してきた。攘夷を主張する兄の孝明帝も将軍への降嫁を許可していなかった。当時「この稀な御結婚には多くの反対者を生じた。それらの人たちによると、幕府に攘夷の意志のあろうとは思われない。その意志がなくて蛮夷の防禦を誓い、国内人心の一致を説くのは、これ人を欺き自らをも欺くものだというのである。宮様の御降嫁は、公武の結婚というよりも、むしろ幕府が政略のためにする結婚だというのである。幕府が公武合体の態度を示すために、帝に供御《くご》の資を献じ、親王や公卿に贈金したことも、かえって反対者の心を刺激した」という。

藤村は和宮降嫁の経緯とその背景を史実に基づいて忠実に記録しているが、公武合体政策の犠牲になった和宮に同情しながらも、むしろ大行列の通行に翻弄された宿場の現実に注目している。和宮の通行を陰で支えた宿場の裏方の苦労と犠牲の実態を、住民の視点に立って具体的に描いたのは「夜明け前」が初めてではないかと思う。

和宮東山道通行の通達を受けた野尻・三留野《みどの》・妻籠・馬籠の木曽路下《しも》四宿の宿役人は、「非常な光栄に、一度は恐縮し、一度は当惑」した。というのは、「多年の経験が教えるように、この街道の輸送に役立つ御伝馬《おてんま》（公用馬）には限りがある。木曽谷中の人足を寄せ集めたところで、その数はおおよそ知れたものである。それにはどうしても伊那地方の村民を動かして、多数の人馬を用意し、この未曽有の大通行に備えなければならない」からである。幕府の道中奉行からは「どんな無理をしても人馬を調達せよ」と厳命され、この日から助郷《すけごう》（補充人馬）依頼のために半蔵たちの奔走が始まる。

先年、ペリー来航の報を受けて尾張藩主が江戸へ出府した時には、馬籠宿だけで「木曽寄せの人足が七百三十人、伊那の助郷が千七百七十人、馬の数が百八十匹」を用意したが、和宮の通行に要する輸送の人馬はそれを遥かに上回っていた。働きざかりの助郷を強制的に徴集される近郷の村々では、「諸物価は高く、農業にはおくれ、女や老人任せで田畠も荒れるばかりだ」と言って嘆く。伊那地方から徴集される助郷は、「一日の勤めに前後三日、どうかすると四日を費やし、あまつさえ泊まりの食物の入費も多く、折り返し使われる途中で小遣銭もかかり、その日に取った人馬賃銭はいくらも残らない」という。宿役人に助郷の待遇改善を要求するが、権力に弱い宿役人に妙案などあろうはずがない。そのために、助郷を出している村々の不満はつのるばかりである。

そんな難問を抱えて迎えた和宮の大行列であるが、雨中の通行の跡片づけをしてみると、お継ぎ所の宿場の会所はほとんど損壊し、「中津川と三留野の両宿にたくさんな死傷者もできた。街道には、途中で行き倒れになった人足の死体も多く発見された」という。宿場の損失はそればかりではなかった。馬籠の宿役人を代表して三留野のお継ぎ所まで行列に随行した隣家の伏見屋伊之助から、半蔵は信じがたい話を聞かされた。

《伊之助は声を潜めながら、木曽の下四宿から京都方の役人への祝儀として、先方の求めにより二百二十両の金を差し出したことを語った。祝儀金とは名ばかり、これはいかにも無念千万のことであると言って、お継ぎ所に来ていた福島方の役人衆までが口唇《くちびる》をかんだことを語った。伊那助郷の交渉をはじめ、越後、越中の人足の世話から、御一行を迎えるまでの各宿の人々の心労と尽力とを見る目があったら、いかに強欲な京都方の役人でもこんな暗い手は出せなかったはずであると語った。》

封建社会の不正と堕落はここに極まり、朝廷を崇高な神域として尊敬する半蔵は、「役人の腐敗沙汰にかけては、京都方も江戸方も少しも異なるところがない」ことを知って愕然とする。

京都から江戸までの二十五日にわたる長旅を終えて江戸城入りした和宮は、翌文久二年二月に十四代将軍徳川家茂との婚儀を執り行なった。和宮の降嫁によって衰微しかけていた皇室が回復の機運に向かってきたことは、王政復古を願う半蔵らにとっては喜ばしいことであった。公武合体構想は幕府にとっても朝廷にとっても一種の救済策ではあったが、結果的にはこれに反対する京都の尊王攘夷派を尖鋭化させることになった。とりわけ、幕府内で対立していた彦根藩主・井伊直弼と水戸藩主・徳川斉昭が万延元年（一八六〇）に相次いで世を去ると、「薩州のような雄藩の台頭となった。関ヶ原の敗戦以来、隠忍に隠忍を続けて来た長州藩がこの形成を黙ってみているはずもない。しかしそれらの雄藩でも、京都にある帝を中心に仰ぎ奉ることなしに、人の心を収めることはできない。……薩長二藩の有志らはいずれも争って京都に入り、あるいは藩主の密書を致したり、あるいは御剣《ぎょけん》を奉献したり」して、朝廷に取り入ることを画策するようになる。

《一庄屋の子としての半蔵から見ると、これは理由のないことでもない。水戸の『大日本史』に、尾張の『類聚日本紀』に、あるいは頼（山陽）氏の『日本外史』に、大義名分を正そうとした人たちのまいた種が深くもこの国の人々の心にきざして来たのだ。南朝の回想、芳野《よしの》の懐古、楠《くすのき》氏の崇拝——いずれも人の心の向かうところを語っていないものはなかった。そういう中にあって、本居宣長のような先覚者をはじめ、平田一門の国学者が中世の否定から出発して、だんだん帝を求め奉るようになって行ったのは、臣子の情として強い綜合の結果であったが……》

文久二年は青山家にとっても明暗こもごもの年であった。〈明〉は焼失した生家が新築落成したことである。新築の家は、「本陣らしい門構えから、部屋部屋《へやべや》の間取りまで、火災以前の建て方によったもので、会所（公務を執る所）を家の一部に取り込んだところまで似ている。……美濃境にある恵那山《えなさん》を最高の峰として御坂越《みさかごえ》の方に続く幾つかの山嶽は、この新築した家の南側の廊下から望まれ」、朝夕の美しい遠景は半蔵の鬱屈した心をほぐしてくれた。

一方の〈暗〉は、父吉左衛門の病臥である。馬籠宿の三役を担って幕藩体制の参覲交代を陰から支えて来た青山吉左衛門は、和宮の行列を無事に見送ったあと、身心の疲労がたまって、和宮の婚儀を聞いた直後の四月に中風で倒れる。六十四歳であった。半蔵は京都や江戸で活躍している平田派の同志から尊王攘夷運動の最新情報をもたらされて、「そのたびに山の中に辛抱していられぬような心持」になるが、父が倒れた今となってはその名代を務めないわけにはいかず、独りで悶々と日を過ごしている。

そんなある日、半蔵は病臥中の父に呼び出される。父は半蔵に隠居することを告げ、公私にわたる諸帳簿や印鑑等に「青山氏系図」を添えて家督譲渡を申し渡した。父が倒れた時から、半蔵はこの日の来るのを予期していた。半蔵にとって「長い歴史のある青山の家を継ぎ、それを営むということが、もとより彼の心を悦ばせないではない。しかし、実際に彼がこの家を背負って立とうとなると、これがはたして自分の行くべき道か」と自問すると、平田派の同志が寝食を忘れて国事に奔走している姿が脳裏をかすめる。

内憂外患に揺れる国家の危機を、山の中で傍観しているだけの自分に苛立つ半蔵は、考えるところがあって、父の病気平癒を祈願するために御嶽《おんたけ》神社へ参籠することを思い立つ。家業を捨てて京都の「激しい動揺の渦中へ飛び込んで行った友達とは反対に、しばらく寂しい奥山」の神域で、身心を浄めて瞑想したいと考えたのである。一人で行くつもりだったが、特に請われて内弟子の林勝重を同伴することになった。

御嶽神社里宮《さとみや》の神官の家を宿にした半蔵は、淋しく聞こえてくる夜の王滝川の音に耳を澄ましながら、「もしあの先師（平田篤胤）が、この潮流の急な文久三年度に生きるとしたら、どう時代の暗礁を乗り切って行かれるだろうか」と考えてみる。半蔵はひそかに持参した篤胤の遺著『静の岩屋』を行燈《あんどん》の傍で繰ってみた。そこには、オランダから伝わったという窮理学（自然科学）が紹介されていた。

《元来その国柄と見えて、物の理《ことわり》を考へ究むること甚だ賢く、仍《よっ》ては発明の説も少なからず。天文地理の学は言ふに及ばず、器械の巧みなること人の目を驚かし、医薬製煉の道殊にくはしく、その書《ふみ》どももつぎつぎと渡り来りて世に弘まりそめたるは、即ち神の御心であらうでござる。然るに、その渡り来る薬品どもの中には効能の勝《すぐ》れたるもあり、又は製煉を尽して至って猛烈なる類《たぐい》もありて、良医これを用ひて病症に応ずればいちじるき効験《しるし》をあらはすもあれど、もとその薬性を知らず、又はその薬性を知りてもその用ふべきところを知らず、もしその病症に応ぜざれば大害を生じて、忽ち人命をうしなふに至る。（中略）そもそも、かく外国々《とつくにぐに》より万づの事物の我が大御国《おおみくに》に参り来ることは、皇神《すめらみかみ》たちの大御心にて、その御神徳の広大なる故に、善《よ》き悪《あ》しきの選みなく、森羅万象ことごとく皇国《すめらみくに》に御引寄せあそばさるる趣きを能《よ》く考へ弁《わきま》へて、外国より来る事物はよく選み採りて用ふべきことで、申すも畏《かし》きことなれども、是《これ》すなはち大神《おおみかみたち》等の御心掟《おきて》と思ひ奉られるでござる。》

宗教を含む外来文化を目の敵にしている半蔵は、先師が「異国の借り物をかなぐり捨てて本然《ほんねん》の日本に帰れと教える人ではあっても、むやみにそれを排斥せよとは教えていない」ことに思い至り、古代神の大御心を酌み取れずにいる「自分の浅学と固陋とばか正直と」にあきれ返る。

いよいよ参籠の日の朝、半蔵は明け方に水垢離《ごり》を執って体を浄め終ると白の行衣《ぎょうい》に着替え、神前に供えるお初穂、供米《くまい》、その他、着替えの清潔な行衣などを持って、弟子の勝重と共に里宮へ向かった。間もなく二人は里宮の鳥居をくぐって、「十六階もしくは二十階ずつから成る二町ほどの長い石段」を登りはじめた。「見上げるように高い岩壁を背後《うしろ》にして、里宮の社殿がその上に建てられてある。黒々とした残雪の見られる谷間の傾斜と、小暗《おぐら》い杉や檜《ひのき》の木立ちとにとりまかれたその一区域こそ、半蔵が父の病《やまい》を禱《いの》るためにやって来たところ」で、文字どおり先師の遺著そのままの〈静の岩屋〉である。半蔵は本殿の奥の霊廟の前にひざまずき、かねて用意してきた自作の陳情祈禱の長歌を奉納した。

ところが、大己貴命《おおなむち》（大国主命）と少彦名命《すくなひこな》二柱《ふたはしら》の古代神を祀る清浄な神域だと思って参籠したのに、御嶽神社の御神体は半蔵が異教として批判する大日如来の仏像であった。平田派国学の立場から神仏習合を否定する半蔵は、仏の化身《けしん》を神に見立てる権現思想の霊場で、「これが神の住居《すまい》か」といぶかる。そのため、霊廟で「目に触れ耳にきくものの多くは、禱ることを妨げさせた」が、違和感を覚えながらも、父の病気平癒の祈願だと自分に言い聞かせる半蔵は、「水垢離、極度の節食、時には滝に打たれる」山籠りを体験し、四日間の参籠を終えて山を下りる。

帰路につく半蔵が周囲を見回した時、「黒船のもたらす影響はこの辺鄙《へんぴ》な木曽谷の中にまで深刻に入り込んで来ていた。ヨーロッパの新しい刺激を受けるたびに、今まで眠っていたものは目をさまし、一切がその価値を顚倒し始めていた。急激に時世遅れになって行く古い武器がある。眼前に潰《つい》えて行く旧《ふる》くからの制度がある。下民百姓は言うに及ばず、上御《かみご》一人《いちにん》ですら、この驚くべき分解の作用をよそに、平静に暮らさるるとは思われないようになって来た。中世以来の異国の殻《から》もまだ脱ぎ切らないうちに、今また新しい黒船と戦わねばならない。半蔵は『静の岩屋』の中にのこった先師の言葉を繰り返し」、馬籠の駅長としての役割を考えてみた。

吉左衛門の隠居によって馬籠宿の本陣・問屋《といや》・庄屋の三役を引き継いだ半蔵は、父から渡された帳簿類を点検してみて、先祖代々の当主が「よくもこのわずらわしい仕事を処理して来たものだ」と感心する。青山家にとって三役は名誉職であって、生計は小作人の年貢やその他の収入で賄われている。そこが、この仕事で生計を営んでいる他家と異なるところである。

本陣は、大名にとって不時の敵襲を想定した仮の陣屋である。だから、大名が到着すると本陣の玄関には定紋入りの陣幕が張り巡らされる。「公用兼軍用の旅舎と言ってしまえばそれまでだが、ここには諸大名の乗り物をかつぎ入れる広い玄関がなければならない。長い鎗《やり》を掛けるところがなければならない。馬をつなぐ厩《うまや》がなければならない。消防用の水桶、夜間警備の高張《たかはり》(提灯《ちょうちん》)の用意がなければならない。いざと言えば裏口へ抜けられる厳重な後方の設備」もなければならない。しかも大名が宿泊する時は、「前もって宿割《しゅくわり》の役人を迎え、御宿札というもののほかに関所を通過する送り荷の御鑑札が渡され、畳表を新しくするとか障子を張り替えるとか、時には壁を塗り替える」こともある。防火や食事にも細心の注意が必要で、「旅人を親切にもてなす心なしに、これが勤まる家業ではない」という。

問屋は、大名や武家の荷物の運搬を管理する公的な役目で、宿場を通過する公用の荷物や諸藩の送り荷を次の宿場まで継ぎ送るだけでもかなりの注意を払わねばならない。しかも、「宿人馬、助郷《すけごう》人馬、何宿の戻り馬、在馬《ざいうま》の稼ぎ馬の数から、商人荷物の馬の数まで、日々の問屋場帳簿に記入」することが義務づけられている。荷物が紛失したり損傷したりした場合は問屋が責任を問われる。記録した帳簿は二、三年毎に道中奉行の検閲を受けるので、「これもまた公共の心なしに勤まる家業ではない」という。

つまり、本陣と問屋は幕藩体制の末端機構に属し、主として武家への奉公である。これに対して庄屋は、村方の世話役で、村人の生活を守る立場にある。三役を兼務する青山家は、一方で支配階級につながりながら、他方で被支配階級の利益代表を務めるという矛盾した立場に置かれている。

父吉左衛門の代までは尾張藩の目も届いていたので、大した支障もなく三役をこなして来たが、幕末になって秩序が崩壊しはじめると、木曽路にも低賃金の牛方による運送拒否の争議や百姓一揆などが起こるようになる。そんな時、庄屋は騒動を抑える側に回るので、村人は庄屋を支配体制側の手先と見て不信感をつのらせる。現に、半蔵が牛方争議の調停を申し出た時も、百姓一揆の原因を探ろうとした時も、「だれもお前さまに本当のことを言うものがあらすか」と相手にされなかった。地主と小作人という関係ではあるが、近しい間柄だと思っていた彼らから不信の言葉を投げかけられた半蔵は、支配層に対する下層民の面従腹背の現実に直面して当惑する。村びとや小作人の相談に乗って信頼されてきた吉左衛門の代には見られなかったことだけに、半蔵の受けた衝撃は大きかった。

建前を前面に出して融通のきかない半蔵のことを、吉左衛門は「無器用に生まれついて来たのは性分でしかたがないとしても、もうすこしあれには経済の才をくれたい」と評し、隣家の伏見屋金兵衛は、「馬籠の本陣や問屋が半蔵に勤まるのか?」と危ぶんでいる。半蔵に学問を勧めたのがそもそもの間違いだったと批判する金兵衛に対して吉左衛門は、「青山の家から学問のある庄屋を一人出すのは悪くない、その考えでやらせて見た。いつのまにかあれは平田先生に心を寄せてしまった。……学問で身代をつぶそうと、その人その人の持って生まれて来るようなもので、こいつばかりはどうすることもできない。おれに言わせると、人間の仕事は一代限りのもので、親の経験を子にくれたいと言ったところで、だれもそれをもらったものがない。おれも街道のことには骨を折って見たが、半蔵は半蔵で、また新規まき直しだ。考えて見ると、あれも気の毒なほどむずかしい時に生まれ合わせて来たものさね」と、跡取り息子に一応の同情と理解を示す。吉左衛門は、「大旦那の時分はよかった」と言って半蔵のやり方に不満を示す村びとの気持も判らないではないが、当分半蔵の仕事ぶりを静観することにした。吉左衛門は、家業を捨てて京都で尊王攘夷運動に加わっている中津川の浅見景蔵や蜂谷香蔵に誘われて半蔵も家を捨てるのではないかと危惧しているのである。

蜂谷香蔵からの手紙によって、「京都の町々は今、会津薩州二藩の兵によってほとんど戒厳令の下にある」ことを知らされた半蔵は、権力争奪戦のとばっちりが木曽路に及ぶことを怖れた。新しい時代の到来を待ち切れない尊攘討幕の過激派が、大和地方に烽火《のろし》を挙げたという情報も伝わった。世に言う〈天誅組〉の一揆である。彼らは権《ごん》大納言中山忠能《ただやす》の一子・忠光（明治帝の生母・中山慶子《よしこ》の弟、当時十九歳）を首領に担ぎ、大和に行幸する予定の孝明天皇を奪取して天皇親征の討幕に踏み出そうと企てたのである。しかし、行幸直前に宮廷内で会津と薩摩によるクーデターが発生したので、大和行幸は急遽取り止めとなった。そのため〈禁裏《きんり》百姓《ひゃくせい》〉のスローガンを掲げて攘夷派天皇の先鋒たらんとした千余人の天誅組は、一夜にして世間を騒がす賊徒の汚名を着せられ、幕府に討伐される身となった。

天皇親征の討幕運動に失敗した天誅組の残党は四方へ離散し、木曽街道にも入ったという噂が広まった。果せるかな、文久三年（一八六三）九月二十七日に木曽谷各村の宿役人は福島の山村代官に呼び出され、次のような書付を手渡された。

《方今の御時勢、追い追い伝聞いたしおり申すべく候えども、上方《かみがた》辺の騒動容易ならざる事にこれあり、右残党諸所へ散乱いたし候につき、御関所においてもその取り締まり方、御老中より御話し相成りし次第に候。（中略）内乱外寇《がいこう》何時《なんどき》相発し候儀も計りがたき時節に候。木曽の儀、辺土とは申しながら街道筋にこれあり候えば、もはや片時も油断相成りがたく、宿村役人においてもかかる容易ならざる御時勢をとくと弁別いたされ、申すにも及ばざる儀ながら木曽谷庄屋問屋年寄などは多く旧家筋の者にこれあり候につき、万一の節はひとかどの御奉公相勤め候心得にこれあるべく候。なお、右のほか、帯刀御免の者、ならびに旧家の者などへもよく

よく申し諭《さと》し、随分武芸心がけさせ候ようにいたすべく候……》

万一の場合は、天誅組の残党と一戦を交えて追い払えというのである。そのために、「十六歳から六十歳までの人別《にんべつ》名前を認《したた》め、病人不具者はその旨を記入し、大工、杣《そま》、木挽《こびき》等の職業までも記入」させ、村々の鉄砲の数、猟師筒《づつ》の弾丸《たま》の目方まで届けさせた。

福島の代官所からの書付はこれにとどまらなかった。諸国に頻発する暴動沙汰が幕府を慌てさせ、街道筋の宿場の取り締まりも厳重になってきた。別の書付には、「ひとり旅の者はもちろん、怪しい浪人体《てい》のものは休息させまじき事。俳諧師生花《いけばな》師等の無用の遊歴は差し置くまじき事。それればかりでなく、狼藉者《ろうぜきもの》があったら村内打ち寄って取り押え、万一手にあまる場合は切り捨てても鉄砲で打ち殺しても苦しくない」ともあった。

半蔵が木曽十一宿の総代の一人として幕府の道中奉行に呼び出され、同行二人と江戸へ向かう途中に追分宿の名主の家へ立ち寄った時、名主の文太夫《ぶんだゆう》から聞かされた話も半蔵を驚かした。この地方には既に旅人の取締役が出来て、「村民は七名ずつ交替で御影《みかげ》の陣屋を護り、強賊や乱暴者の横行を防ぐために各自自衛の道を講ずるというほどの騒ぎだ。その陣屋には新たに百二十間あまりの柵矢来《さくやらい》が造りつけられ、非常時の合図として村々には半鐘、太鼓、板木《ばんぎ》が用意され、それに鉄砲、竹鎗《たけやり》、袖がらみ、六尺棒、松明《たいまつ》なぞを備え置くという。村内のものでも、長脇差を帯びるか、または無宿者を隠し泊めるかするものがあれば、きびしく取り締まるようになって、毎月五日には各村民が陣屋に参集」して情報を交換するというのである。

生活難に追い詰められた無宿浮浪の群れが、大刀を帯びて街道に出没するので、北佐久・南佐久の七十四か村では自警団を組織して監視に当たっているという。木曽地方では考えられないような仰々しい取り組みを聞きながら、半蔵は村びとを護らなければならない庄屋の責務に思いを馳せる。

そんな折、今度は関東の地に別の烽火《のろし》が上がった。元治元年（一八六四）三月、水戸藩内の佐幕派と対立して脱藩した尊王派の浪士たちは、千人余の軍団を組織して天狗党を名告り、京都へ向かったという。この一団は有為な人材を集めた点で、ほとんど水戸志士の最後のものであり、その中堅を成す人たちはいずれも水戸の藩校・弘道館に学んだ子弟であった。尊王攘夷を主張して一糸乱れぬ行動をとる天狗党が、反幕を公言する長州藩と呼応して討幕運動の起爆剤になるのではないかと危ぶんだ幕府は、相良《さがら》藩主・田沼玄蕃頭意尊《げんばのかみおきたか》を天狗党追討の総督に任じ、通行が予想される各藩にも通達して、入京前に天狗党を撃滅せよと命じた。

天狗党の構成は、水戸の精鋭三百余名、自発的に参加した常陸《ひたち》・下野《しもつけ》地方の百姓六百余名、これに京都方面から応援に来た志士と数名の婦人、医師二名、そのほか兵糧方、賄《まかない》方、雑兵、歩人《ぶにん》（人夫）を含めると千人以上になる。これに軍馬百五十頭、多くの小荷駄、陣太鼓と戦旗十三、四本を用意していた。これが風評では、「大砲十五門、騎馬武者百五十人、歩兵七百余、旌旗《せいき》から輜重《しちょう》駄馬までがそれに称《かな》っている」として伝わっていた。軍律の厳しいその行動は尊王攘夷の強い意思統一を表示していたので、幕府方が狼狽したのも無理はなかった。
水戸藩の元家老・武田耕雲斎を主将に立て、元町奉行の田丸稲右衛門を副将に、軍学に秀でた山国兵部と水戸学の権威藤田東湖の四男小四郎を参謀にする天狗党は、相手から攻撃された場合は別として、可能な限り交戦を避けて進んだ。碓氷《うすい》峠を越えて信州に入った天狗党は、千曲川を渡って和田峠を目指した。ところが、和田峠には幕府の要請を受けた諏訪藩と松本藩の連合軍が待機していた。ここで後から追討してくる田沼勢と、天狗党を挟み撃ちにしようという企てである。連合軍は、和田峠の「東餅屋、西餅屋は敵の足だまりとなる恐れもあるから、両餅屋とも焼き払う、桟《かけはし》も取り払う、橋々も切り落とす」ことに決して、天狗党との一戦に備えた。天狗党の先鋒隊は連合軍の待ち伏せを確認したので、本隊は峠の側面から応戦することにした。

《その日の戦闘は未《ひつじ》の刻から始まって、日没に近いころに及んだが、敵味方の大小砲の打ち合いでまだ勝負はつかなかった。まぶしい夕日の反射を真面《まとも》に受けて、鉄砲のねらいを定めるだけにも浪士側は不利の位置に立つようになった。それを見て一策を案じたのは参謀の山国兵部だ。彼は道案内者の言葉で探り知っていた地理を考え、右手の山の上へ百目砲を引き上げさせ、そちらの方に諏訪勢の注意を奪って置いて、五、六十人ばかりの一隊を深沢山の峰に回らせた。この一隊は左手の河を渡って、松本勢の陣地を側面から攻撃しうるような山の上の位置に出た。この奇計は松本方ばかりでなく諏訪方の不意をもついた。日はすでに山に入って松本勢も戦い疲れた。その時浪士の一人が山の上から放った銃丸は松本勢を指揮する大将に命中した。混乱はまずそこに起こった。勢いに乗じた浪士の一隊は小銃を連発しながら、直下の敵陣をめがけて山から乱れ降った。》

当てにしていた田沼総督の追討軍は、恐れをなして天狗党と距離を置いていたので、最後まで姿を見せなかった。連合軍は総崩れとなり、諏訪軍は浪士たちの足だまりをなくするためと称して、藩内の民家に火を放って敗走した。天狗党主将の武田耕雲斎は、抜き身の鎗を杖にして激戦の跡を見て回り、「一手の大将に命じ、味方の死骸を改めさせ、その首を打ち落とし、思い思いのところに土深く納めさせた。深手に苦しむものは十人ばかりある。それも歩人《ぶにん》に下知して戸板に載せ介抱を与え」、従軍の医師に手当てさせた。水戸から従って来た一人の老婦人は医師の助手となって働いた。浪士の中でも名のある人たちの死骸は草小屋の中に引き入れ、火をかけて仮の埋葬をした。

下諏訪で合流した天狗党の幹部は、今後の進路について評定した。辿るべき「道は二つある。これから塩尻《しおじり》峠へかかり、桔梗《ききょう》が原を過ぎ、洗馬《せば》本山《もとやま》から贄川《にえがわ》へと取って、木曽街道をまっすぐに進むか。それとも岡谷辰野から伊那道へと折れるか。木曽福島の関所を破ることは浪士らの本意ではなかった。二十二里余にわたる木曽の森林の間は、嶮岨《けんそ》な山坂が多く、人馬の継ぎ立ても容易でないと見なされた。彼らはむしろ谷も広く間道も多い伊那の方をえらんで、一筋の血路をそちらの方に求めようと」決めた。

翌朝、「千余人からの長い行列は前後を警戒しながら伊那の谷」を進んだ。世間の風評を真《ま》に受けて〈暴徒〉の到来を恐れていた地方の住民は、「実際に浪士の一行を迎えて見て旅籠《はたご》銭《せん》一人前、弁当用共にお定めの二百五十文ずつ払って通るのを意外」に思った。路傍で遊んでいる子供たちに菓子を与えて行く浪士もあった。行く先に「高遠《たかとお》藩も控えていた。和田峠での合戦の模様は早くも同藩に伝わっていた。松本藩の家老水野新左衛門という人の討死、そのほか多数の死傷に加えて浪士側に分捕りせられた陣太鼓、鎗、具足、大砲などのうわさは高遠藩を沈黙させた。それでも幕府のきびしい命令を拒みかねて、同藩では天竜川の両岸に出兵したが、浪士らの押し寄せて来たと聞いた時は指揮官はにわかに平出《ひらで》の陣地を撤退して天神山という方へ引き揚げ」て行った。

一行が飯田藩に近づいた時、突然平田篤胤門下と称する三人の民間人に行く手を遮られた。伊那地方における平田派の中心人物である北原稲雄の実弟・今村豊三郎と暮田《くれた》正香《まさか》ほか一名である。「わたしたちは水戸の諸君に同情してまいったんです。実は、あなたがたの立場を思い、飯田藩の立場を思いまして、及ばずながら斡旋の労を執りたい考えで同道」して来たのだという。幕府方の間諜を警戒する必要から、幹部は容易に三人を信じなかった。そこで、平田派門人でもある道中掛りの田村宇之助は、「念のためにうかがいますが、伊那の平田御門人は（先師の）『古史伝』の発行を企てているように聞いています。あれは何巻まで行ったのでしょうか」と問うてみた。

これに対して、馬籠の半蔵とも親交のある暮田正香が具体的に「古史伝」出版の進捗《しんちょく》状況を話したので幹部の疑いは晴れた。

三人の話によると、幕命を受けて飯田藩では天狗党と一戦を交える準備を整え、住民は焼討ちを恐れて郊外に避難を始めているという。飯田藩と天狗党の双方が傷つかずに済むには、幕府の追討軍に三州街道を南下して東海道へ出ると見せかけて、清内路《せいないじ》から山の中の間道を通り、木曽路の馬籠へ出て中津川へ抜けるコースを辿るのが最も安全だと説得する。交戦を避けたい幹部はこの案を採用することに決したので、北原兄弟は町役人を介して飯田藩と交渉し、次のような好条件を藩から引き出した。

一、飯田藩は弓矢沢《ゆみやざわ》の防備を撤退すること。

一、間道に修繕を加うること。

一、飯田町にて軍資金三千両を醵出すること。

もちろん、「間道の通過を公然と許すことは幕府に対し憚《はばか》るところがある」ので、内密に事を運んでもらいたいとのことであった。にわかな籠城の準備をしていた城主・堀石見守《いわみのかみ》は安堵し、市内での兵火戦乱を恐怖していた地域住民は喜んだ。

《伊那の谷から木曽の西のはずれへ出るには、大平峠を越えるか、梨子野《なしの》峠を越えるか、いずれにしても奥山の道をたどらねばならない。……伊那百十九か村の村民が行き悩むのもその道だ。木から落ちる山蛭《やまびる》、往来《ゆきき》の人に取りつく蚋《ぶよ》、勁《つよ》い風に鳴る熊笹、そのおりおりの路傍に見つけるものを引き合いに出さないまでも、昼でも暗い森林の谷は四里あまりにわたっている。旅するものはそこに杣《そま》の生活と、わずかな桑畠と、米穀も実らないような寒い土地とを見いだす。その深い山間《やまあい》を分けて、浪士らは和田峠合戦以来の負傷者から、(分捕り品の) 十数門の大砲までも運ばねばならない。》

天狗党の小荷駄掛りをしている亀山嘉治《よしはる》は平田派門下であるが、コースが清内路から馬籠へ抜ける間道に決まった時点で半蔵のもとへ、「馬籠泊まりの節はよろしく頼む。その節は何年ぶりかで旧《むかし》を語りたい」との連絡があった。半蔵は、「時と場合により、街道の混乱から村民を護らねばならない」立場にあるので、幕府から〈賊徒〉として追討されていることを考えるとどうしたものかと思案したが、宿役人と相談の結果、混乱を避けるために一行の宿泊を引き受けることにした。

旧暦十一月二十六日、半蔵は幕府への遠慮から、門前に〈武田伊賀守様御宿〉の札は掲げなかったものの、玄関に本陣らしく幕を張りめぐらせて一行を出迎えた。馬籠と中津川に分散して宿泊した天狗党は、翌日京都を目指して出立した。浪士の宿泊料はそれぞれの家に正当に支払われて村びとを安堵させた。本陣宿泊の記念に、「武田、田丸、山国、藤田諸将の書いた詩歌の短冊、小桜縅《おどし》の甲冑片袖」が半蔵に贈られた。半蔵は同門の亀山嘉治と夜通し話し合い、天狗党の尊王攘夷の志の大きさを知って興奮した。

一行は美濃に入ると、各藩との衝突を避けるためにコースを西北に転じ、長良川を渡って師走の初旬に越前の国境に辿り着く。水戸烈公（前水戸藩主・徳川斉昭）の旗印を掲げる天狗党の入京の目的は、当時京都の御所警衛総督の任にあった烈公の七男・一橋慶喜《よしのぶ》（のちの十五代将軍）に会見して、内紛する水戸藩の窮状を訴え、尊王攘夷派を水戸藩の正統として認めてもらうことにあった。

ところが、慶喜は天狗党が沿道各所で交戦し、暴徒化して京都へ向かっていると知らされ、勅許を得て天狗党鎮撫に動いた。烈公亡きあと、水戸尊王派の唯一の理解者であったはずの慶喜が、天狗党の真意を確かめもせず、京都周辺の各藩に出兵を促して自ら水戸浪士の討伐に出陣したのである。

越前の新保《しんぼ》村まで追いつめられた天狗党は、一丈余の積雪に閉じこめられて立ち往生した。食糧も尽きたので、武田耕雲斎は飢えと寒さから部下を救うため、全軍を率いて敦賀にいる金沢藩の陣営に投降した。金沢軍は耕雲斎の意を酌んで食糧を提供し、手厚く保護した。その際、金沢軍の総大将・永原甚七郎から天狗党の包囲軍は一橋慶喜の厳命によるものであることを知らされ、武田ら幹部は唖然とした。

一方、田沼玄蕃頭の率いる幕府の追討軍は、一橋慶喜など眼中にないかのように振舞って敦賀に向かった。田沼は金沢藩に幕命を伝えて天狗党の武器一切を押収し、捕虜全員を引き取って火の気のない鰊倉《にしんぐら》に閉じ込めた。慶喜が武田ら幹部の死罪赦免を朝廷に願い出ているとの情報に接した田沼は、兵馬の権は幕府にあるとの立場から、にわかに浪士の処刑を急いだ。

《千余人の同勢と言われた水戸浪士も、途中で戦死するもの、負傷するもの、沿道で死亡するものを出して、敦賀まで到着するころには八百二十三人だけしか生き残らなかった。そのうちの三百五十三名が前後五日にわたって敦賀郡松原村の刑場で斬られた。耕雲斎ら四人の首級は首桶に納められ、塩詰めとされたが、その他のものは三間四方の五つの土穴の中へ投げ込まれた。残る二百五十名は遠島を申し付けられ、百八十名の雑兵歩人らと、数名の婦人と、十五名の少年とが無構《むかまい》追放となった。》

半蔵は江戸の同志からの通報で、耕雲斎ら四人の幹部の遺族が水戸藩によって身柄を拘束され、三歳から十二歳までの男児五名と耕雲斎の妻は死罪、女性は幼児に至るまで全員永牢を命ぜられたことを知った。しかも、牢屋の中の遺族の前に役人が、耕雲斎ら四人の首桶を持ってきて塩詰めにされた首を見せながら、「今は花見時だ、お前たちはこの花を見ろ」と言ったという。天狗党に一夜の宿を提供した半蔵は、幕府と水戸佐幕派の残虐な仕打ちを憤り、「こんな罪もない幼いものまで極刑を加えるなんて」と声を詰まらせる。

幕府に〈賊徒〉呼ばわりされ、見せしめの犠牲になって多数惨殺された天狗党は、水戸藩分裂の元凶として幕末史の片隅に汚名を残した。しかし藤村は、この天狗党の乱を〈賊徒〉の反乱としてではなく、体制変革の信念を貫いた思想集団の義挙として好意的に描いている。藤村が『中央公論』に「夜明け前」第一部の連載を始めたのは昭和四年（一九二九）である。執筆当時の藤村の脳裏には、田中義一ファシズム内閣が自ら改悪した治安維持法を濫用して、大学からマルクス経済学者や反体制思想家を追放し、非合法活動家を大量検挙して投獄拷問した光景が去来していたに違いない。

大正十四年（一九二五）制定の治安維持法では国事犯の最高刑が懲役十年であったのに、田中内閣は昭和三年に緊急勅令で最高刑を死刑に引き上げ、同時に思想犯取り締まりの特高警察を全国に設置した。昭和暗黒時代の幕開けである。この結果、共産党大弾圧の三・一五事件、四・一六事件が相次いで起こり、藤村の周辺でも進歩的な学者、思想家、芸術家が次々に検挙投獄され、特高から〈国賊〉呼ばわりされて拷問を受けていた。天狗党の悲劇は、藤村にとって遠い過去の出来事ではなかったのである。

おそらく藤村は〈天狗党の乱〉に大きな関心を示し、資料に基づいて詳細に記述したものと思われる。読めば判るように、この箇所は「夜明け前」第一部の圧巻である。文章に迫力があり、手に汗を握る場面が多い。それだけに、水戸藩佐幕派の市川党（領袖《りょうしゅう》市川三左衛門）が見せしめとして処刑した武田耕雲斎ら天狗党幹部の遺族の名前と年齢が涙を誘う。武田伊賀守《いがのかみ》（耕雲斎）の妻とき四十八歳、悴《せがれ》桃丸八歳、同兼吉三歳。武田彦右衛門の悴三郎十二歳、同金四郎十歳、同熊五郎八歳。「この六名はみな死罪、ことに桃丸と三郎の二名は梟首《さらしくび》を命ぜられた」という。また永牢を申し渡された女子は、耕雲斎の娘よし十一歳、同妾《めかけ》(小間使か)むめ十八歳。彦右衛門の妻いく四十三歳。山国兵部の妻なつ五十歳、同娘ちい三十歳。山国淳一郎の娘みよ十一歳、同ゆき七歳、同くに五歳。田丸稲右衛門の娘まつ十九歳、同むめ十歳、の十名である。

半蔵から聞書《ききがき》を見せられたお民は、「まあ、お母《つか》さん、ここに武田伊賀忰、桃丸、八歳とありますよ。吾家《うち》の宗太の年齢《とし》ですよ」とおまんに語りかける。無抵抗の天狗党は幕府の田沼玄蕃頭に斬殺され、その遺族は水戸藩佐幕派の市川三左衛門によって処刑されたのである。「夜明け前」が完結した直後に「三日間、何もせずに一気に読んで了った」という小林秀雄は、通読して「最も印象に残ったところは、武田耕雲斎一党が和田峠で戦って越前で処刑されるまで、あそこの筆力にはたゞ感服の他はなかった。地図を出し、眺めながら読んだほど、あの描写を節約した文章の力は強かった」と絶讃している。(昭和十一年五月『文学界』座談会後記)

五、報復劇としての王政復古クーデター

慶応元年（一八六五）、もはや威令の行われなくなった幕府は、頽勢挽回を目論んで尊王攘夷運動の拠点になっている長州を再び討伐することに決めた。東照宮二百五十回忌の「日光山大法会の余勢と、水戸浪士（天狗党）三百五十余人を斬った権幕とで、年号を慶応と改め」、長州再征を正当化するために将軍家茂の出馬を促したのである。

しかし、将軍親征には各藩から異論が続出した。すでに前年の第一次長州征伐の際、長州藩は〝禁門の変〟で皇居へ発砲した責任者を処刑し、藩主・毛利敬親《たかちか》は恭順謹慎の意を表して万事決着していたからである。ところが、幕府の官僚はこれを不服として、藩主父子および長州に亡命中の三条実美らの公卿を直ちに江戸へ護送せよと難題を吹きかけた。飲めるはずのない要求を突きつけて長州再征の口実を作ることが彼らの狙いであった。当然のことながら長州藩は幕府の要求を拒絶し、挙藩態勢で幕府と対決することにした。慶応元年閏《うるう》五月十六日、将軍家茂は江戸在府の譜代の諸大名と幕僚を従えて江戸城を出発し、同月二十五日に大坂城に入って、ここで指揮を執ることになった。

藤村は「夜明け前」で、長州再征を演出した幕府官僚のカラクリをあぶり出している。すでに統治能力を失っていた幕府が、差し迫った欧米諸国の外圧と、失政による民衆の不満をかわすために反幕の藩討伐を〈大義名分〉にして長州再征を持ち出したというのである。幕府が諸藩の反対を押し切って将軍親征を実現させた背景に、藤村は次のような企みを読み取っている。

①兵庫（神戸）開港を巡って将軍に謁見を迫る米英仏蘭四か国の外交団の目をそらさせること。②佐幕か尊王かで揺れている諸藩を威圧して幕府の威信を取り戻すこと。③米価高騰にあえぐ民衆が各地で起こしている打ちこわしや一揆の騒動を威嚇鎮定すること、などである。④将軍の後見職にありながら京都で尊王派と通じている一橋慶喜の動きを牽制すること。要するに、失政から人びとの目をそらさせ、幕府に逆らう藩は将軍自ら出陣して討伐するぞ、という脅しである。

幕府が「この進発の入用のために立てた一か月分の予算は、十七万四千二百両の余であった」という。そのため、江戸の富裕な町人から一戸当たり一万両から三万両までの御用金を上納させている。第一次長州征伐の時は征討総督が尾張藩の前藩主（隠居）だったので、藩内の領民に軍資金の上納が割り当てられ、木曽谷では「二十二か村の在方で三百十四両の余をつくり、十一宿で三百両をつくり、都合六百十四両の余を献納」させられた。今度の長州再征に将軍自ら出陣すると聞いた半蔵は、一年前の村々の苦労を振り返り、「まったく、これじゃ地方の人民は息がつけませんね」と嘆息し、幕府の身勝手な政策にあきれ返る。

《(将軍通行の) 沿道人民がこうむる難儀も一通りでなかった。そうでなくてさえ、困窮疲労の声は諸国に満ちて来た。江戸の方を見ると、参覲交代廃止以来の深刻な不景気に加えて、将軍進発当時の米価は金一両につき一斗四、五升にも上がり、窮民の騒動は実に未曾有の事であったとか。どうして、天明七年の飢饉のおりに江戸に起こった打ちこわしどころの話ではない。この打ちこわしは前年五月二十八日の夜から品川宿、芝田町《たまち》、四谷をはじめ、下町、本所《ほんじょ》辺を荒らし回り、横浜貿易商の家や米屋やその他富有な家を破壊して、それが七、八日にも及んだ。進発に際する諸士の動員と共に、食糧の徴発と、米穀の買い占めと、急激な物価の騰貴とが、江戸の窮民をそんなところまで追いつめたのだ。》

参覲交代の廃止によって江戸の大名屋敷は空洞化し、町人や職人は収入源を失って急激な不況に見舞われた。やがて、江戸での打ちこわしは大坂や兵庫にも起こり、米価高騰は全国に波及していた。折しも、馬籠は八月に入って大暴風雨に襲われ、前年の長雨による不作に続いて、倒伏した稲穂は凶作の様相である。村びとは、「天明七年以来の飢饉でも襲って来るんじゃないか」と恐怖におののいた。その日から半蔵は村びとの飯米確保に駈けずり回るが、木曽路の下四宿はどこも凶作同然で貸し出す余裕がない。そこで半蔵は、美濃米を買い入れるために中津川の米穀商に使者を差し向けた。ところが、美濃商人のソロバンは「十両につき三俵替え」とはじき、米一升が六百二十四文という高値である。切羽詰まった半蔵は、宿場の窮状を尾張藩に訴え、二十年々賦で二千両を貸与してほしい旨の請願書を提出したが、財政難を理由に藩から拒否された。

百姓一揆でも起こりかねないような不穏な空気を感じながら、庄屋としての半蔵は、「どんな骨折りでもして、小前《こまえ》（零細農民）の者を救わねばならないと考えた。この際、木曽福島からの見分《けんぶん》奉行の出張を求め、場合によっては尾州代官山村甚兵衛氏をわずらわし、木曽谷中の不作を名古屋へ訴え、すくなくも御年貢上納の半減をきき入れてもらいたいと考えた」が、これとて結果はおぼつかなかった。村中が凶作対策で騒いでいる最中《さなか》に、半蔵は京都の同志から十四代将軍家茂が大坂城で急病死したとの知らせを受けた。慶応二年七月二十日歿、享年二十歳であった。

戦場に将軍の訃報が伝わると、イギリス製の新式銃で徹底抗戦する長州勢に手こずって藩内に一歩を入れずにいた幕府の連合軍は、各藩の判断で続々と撤退を始めた。幕府の体面を保つために戦意のない各藩の将卒を遠地に送り、庶民から吸い上げた莫大な軍資金を浪費して、しかも失敗に終った長州征伐とは一体何であったのか。藤村はここで、民衆の犠牲を顧みずに体制維持を図ろうとする権力の本質を、犠牲を強いられる側の実態に目を向けながら実証的に描き出している。

第一次長州征伐で幕府軍の先兵を務めた薩摩藩は、第二次征長の時には坂本龍馬の仲介でひそかに薩長同盟を結び、出兵を拒否して側面から長州藩を支援した。妻籠から様子を見にやって来た義兄の寿平次は薩長が外国の力を借りて幕府軍を退けたことに触れ、「諸藩に率先して異国を排斥したのはだれだくらいは半蔵さんだって覚えがありましょう。あれほど大きな声で攘夷を唱えた人たちが、手の裏をかえすように説を変えてもいいものでしょうかね。そんなら今までの攘夷は何のためです。まあ見たまえ。破約攘夷の声が盛んに起こって来たかと思うと、たちまち航海遠略の説を捨てる。条約の勅許が出たかと思うと、たちまち外国に結びつく。まったく、西の方の人たちが機会をとらえるのの早いには驚く。あれも一時《いっとき》、これを一時と言ってしまえば、まあそれまでだが、正直なものはまごついてしまいますよ」と薩長の豹変ぶりに呆れ返る。

イギリスが日本の四分五裂を画策しているという噂に対して、「いくら防長（防州・長州）の連中だって、この国の分裂を賭《と》してまでイギリスに頼ろうとは言いますまい。高杉晋作なんて評判な人物が舞台に上って来たじゃありませんか。下手なことをすれば、外国に乗ぜられるぐらいは、知りぬいていましょう」と楽観的な半蔵に対して、寿平次は「わたしたちはお互いに庄屋ですからね。下から見上げればこそ、こんな議論が出るんですよ」と、目的のためには手段を選ばない権力闘争に幾分あきらめ顔である。

やがて、長州から総退却する幕府軍は続々と木曽の宿場にも流れ込んで来た。急のことだったので、宿場では宿の割り当てをはじめ、人馬の継ぎ立てや人足集めで大混乱を呈する。馬籠では馬の数が間に合わず、「草刈り用の女馬《めうま》まで駆り出し、それを荷送りの役に当てる」始末である。敗軍の将兵たちの大通行はこの年の十月十三日から十日間も続いたが、「まだそれでも、あとからあとからと繰り込んで来る隊伍がある。この馬籠峠の上まで来て昼食の時を送って行く武家衆はほとんど戦争の話をしない。戦地の方のことも語らない。ただ、もう一度江戸を見うる日のことばかりを語って」去ってゆく。

それぞれみすぼらしい軽装で通り過ぎる幕府方の将兵を見て、「あの水戸浪士（天狗党）が通った時から見ると、隔世の感がありますね。もうあんな鎧兜《よろいかぶと》や黒い竪烏帽子《たてえぼし》は見られませんね」と半蔵は二年前を思い出して語ると、寿平次はそれを受けて、「一切の変わる時がやって来たんでしょう。武器でも武人の服装でも……」と感慨深そうに応じ、長州征伐の失敗が時代の転換点になることをほのめかして妻籠へ帰って行く。

将軍家茂の急病死と長州再征の失敗は、幕府はもちろんのこと、諸藩にも大きな衝撃を与えた。将軍親征の幕府軍が長州藩に敗れることなど、誰も考えていなかったからである。むしろ、敗戦後の長州藩に対する処分の方に人びとの関心は移っていた。ところが、結果は大方の予想に反して逆転し、幕府は面目を失った。折しも、国内では凶作と幕府の無策による米価高騰のために各地で打ちこわしや略奪の暴動が発生し、それに連動するように世直しの〈ええじゃないか〉踊りまで流行して、民衆の不満は頂点に達していた。

《革命は近い。その考えが半蔵を休ませなかった。幕府は無力を暴露し、諸藩が勢力の割拠はさながら戦国を見るような時代を顕出した。この際微力な庄屋としてなしうることは、建白に、進言に、最も手近なところにある（尾張藩の）藩論の勤王化に尽力するよりほかになかった。一方に会津、一方に長州薩摩というような東西両勢力の相対抗する中にあって、中国の大藩としての尾州の向背《こうはい》は半蔵らが凝視の的となっている。……たとい京都までは行かないまでも、最も手近な尾州藩に地方有志の声を進めるだけの狭い扉は半蔵らの前に開かれていた。》

同年十二月に一橋慶喜が十五代将軍に就任した直後、討幕運動に反対してきた孝明天皇が三十五歳で急病死した。死に至るまでの経緯に不自然なところがあったので、一時は反幕派による毒殺説まで流れた。翌慶応三年一月に十五歳の明治天皇が践祚《せんそ》すると、政局は〈革命〉に向かって大きく動きはじめる。薩摩・長門・土佐の各藩に討幕論が噴出し、将軍慶喜は土佐藩主・山内容堂の建白を容れて大政奉還に踏み切る。これを受けて新帝を擁する討幕派は、王政復古のクーデターを敢行して将軍慶喜に辞官納地を命じ、徳川慶喜追討令を発する。もともと、征夷大将軍は朝廷から与えられた官位なので、天皇が罷免すれば将軍の資格を失うことになる。すべては討幕派が仕組んだ権力争奪のシナリオであった。

一般に、大政奉還に続く王政復古を、幕藩体制の崩壊によってもたらされた必然的な流れと見て、勝海舟と西郷隆盛の会談が無血革命を成功させたと受け取られているが、藤村はこの政変を〝主導権争いの報復劇〟と捉えている。作中で王政復古を手放しで喜ぶ半蔵は、本居宣長の遺著『直毘《なおび》の霊《みたま》』を王政復古と結びつけ、「直毘（直び）とはおのずからな働きを示した古い言葉で、その力はよく直くし、よく健やかにし、よく破り、よく改めるをいう。国学者の身震いはそこから生まれて来ている。翁の言う復古は更生であり、革新である。天明寛政の年代に、早く夜明けを告げに生まれて来たような翁のさし示して見せたものこそ、まことの革命への道である」として、今その時節が到来したことに興奮する。
平田派の国学者にとって今度の王政復古は、「建武中興の昔に帰ることであってはならない。神武の創業にまで帰って行くことであらねばならない」ものであった。半蔵は中津川の学友・蜂谷香蔵から借用した同志の手に成る〈写本〉を改めて読み直してみた。

《建武の中興は上《かみ》の思《おぼ》し召しから出たことで、下々にある万民の心から起こったことではない。だから上の思し召しがすこし動けば、たちまち武家の世になってしまった。ところが今度多くのものが期待する復古は建武中興の時代とは違って、草叢《くさむら》の中から起こって来た。そう説いてある。草叢の中が発起《ほっき》なのだ。それが浪士から藩士、藩士から大夫《たいふ》、大夫から君侯というふうに、だんだん盛大になって、自然とこんな復古の機運をよび起こしたのであるから、万一にも上の思し召しが変わることがあっても、万民の心が変わりさえしなければ、また武家の世の中に帰って行くようなことはない。そう説いてある。世には王政復古を名目にしてその実は諸侯が天下の政権を奪おうとするのであろうと言うものもあるが、これこそとんでもない見込み違いだ。というのは、根が草叢の中から起こったことだから、たとい諸侯がなんと思おうと、決してそんな自由になるものではない。いったい、草叢の下賤なところから事が起こったは、どういうわけかと考えて見るがいい。つまり大義名分ということは下から見上げる方がはっきり

する。……そうも説いてある。》

半蔵はこれを読んで「復古の機運が熟したのは決して偶然でない」ことを知り、しかもそれが草叢の中から起こったという見解に共鳴する。しかし、京都の政情に明るい香蔵は、「まあ、早い話が、先年の八月十八日の政変を逆に行ったんでしょうね」と言って半蔵を戸惑わせる。藤村は、半蔵に吉田松陰の唱えた草莽崛起《そうもうくっき》（在野の人が起こり立つ）の思想を抱かせておきながら、その一方で現実主義者の蜂谷香蔵に、現状ではそれが観念的な理想論に過ぎないことを言わせているのである。

ここで香蔵の語る〈八月十八日の政変〉とは、文久三年（一八六三）八月十八日に京都の宮廷内で起きたクーデターのことである。会津・薩摩の両藩を中心とする公武合体派が、対立する尊王攘夷派の長州藩と三条実美《さねとみ》ら七名の公卿を京都から追放した事件で、世に言う〈七卿落ち〉がこれである。今回の王政復古のクーデターは、長州の木戸孝允《たかよし》（桂小五郎）と薩摩の西郷隆盛・大久保利通らの討幕派が、幕府から屈辱的な扱いを受けてきた三条実美や岩倉具視《ともみ》らの公卿と共謀して起こしたものである。四年前に尊王攘夷派を弾圧した薩摩藩が、事もあろうにその時の被害者と組んで討幕運動の主導者に豹変したことに世間は驚いた。

藤村が王政復古を〈八月十八日の政変〉への報復劇と見るのは、政権奪取のためには手段を選ばない権謀術数がまかり通っているからである。このあとに続く江戸城攻略の東征軍進発と五箇条の誓文の発表も、藤村は同じ報復劇のシナリオの一部と見ている。

十六歳の明治天皇が公卿、大名、文武百官を従え、紫宸殿において天地神明に誓ったという五箇条の誓文の写しを京都の同志から送り届けられた半蔵は、「新帝が人民に誓われた五つのお言葉」だと思って興奮する。それは、「世論を重んじて人民の政治参加を図り、旧来の習慣にとらわれずに個人の能力を発揮し、国際社会の一員として新知識の導入に努めよ」という趣旨の誓文だったからである。

しかし、この五箇条の誓文は討幕派が、佐幕か尊王かで揺れる国内世論の統一と、開港の増加を迫る欧米諸国との和親を図り、天皇親政を工作して権力を掌握するための手段として策定したマニュアルに過ぎなかった。もともとは諸侯盟約の〈会盟〉原案として福井藩士・由利公正《きみまさ》と土佐藩士・福岡孝弟《たかちか》が作成した案文を、討幕強行派の木戸孝允、岩倉具視、三条実美が修正してこれを〈国是〉に改め、東征軍が江戸城に達する前日を期して新帝が〈国是〉を読みあげて神に誓うというセレモニーが仕立てられたのである。

慶応四年（一八六八）三月十四日、紫宸殿における天神地祇御誓祭の神前で五箇条の誓文を読み上げたのは、明治天皇ではなく三条実美であった。天皇は玉串を奉奠《ほうてん》して神拝はしたものの、終始無言であったという。すべては三条らの討幕派による脚色・演出であった。しかし、新政府の機関紙「太政官日記」によって五箇条の誓文が一般に布告された時、世間の人たちは天皇が民生の福利を神に誓約したお言葉として有難がった。半蔵もまた、その一人であった。

一、広ク会議ヲ興シ、万機公論ニ決スベシ。
一、上下《しょうか》心ヲ一《いつ》ニシテ、盛ニ経綸《けいりん》ヲ行フベシ。
一、官武一途《いっと》庶民ニ至ル迄、各《おのおの》其志ヲ遂ゲ、人心ヲシテ倦《う》マザラシメン事ヲ要ス。
一、旧来ノ陋習《ろうしゅう》ヲ破リ、天地ノ公道ニ基クベシ。
一、智識ヲ世界ニ求メ、大《おおい》ニ皇基ヲ振起スベシ。
我国未曽有ノ変革ヲ為《なさ》ントシ、朕躬《み》ヲ以テ衆ニ先ンジ、天地神明ニ誓ヒ、大ニ斯国是《このこくぜ》ヲ定メ、万民保全ノ道ヲ立《たて》ントス。衆亦《もまた》此旨趣ニ基キ、協心努力セヨ。

五箇条の誓文の内容は独裁を否定して〈民権〉思想を述べたものであったので、これを拠り所として明治七年（一八七四）頃から各地で欧米の天賦人権思想を吸収した人たちを中心とする自由民権運動が展開されるようになる。しかし、若い天皇を担いで〈国権〉の樹立を画策する薩長藩閥政府にとって、全国に波及する自由民権運動は頭痛の種であった。そこで政府は、言論統制と集会規制の各種条例を公布して自由民権運動の弾圧に乗り出すことになる。

五箇条の誓文に新しい日本の黎明を感じとっていた半蔵は、政府自らこれを否定するような政策を進めることに不審を抱き、〈明治御一新〉の理想と現実の落差に戸惑う。誓文策定の背後に隠されていた政権争奪の企みを、多くの人びとと同様に、半蔵も見抜けなかった。新政府は五箇条の誓文を公布した直後に、「国是を定め、制度を建つるには専ら五箇条御誓文の趣旨を以て目的とす」と宣言していたので、これを額面どおりに受け取って天皇親政による誓文の趣旨に反する政策など有り得ないと思い込んでいた半蔵は、民衆を抑圧するような政治の動向に疑問を抱きはじめるようになる。天皇親政とは名ばかりで、藩閥政府が政権維持対策として打ち出す各種条例は、五箇条の誓文の趣旨から大きくはみ出す問答無用の独裁政治への道であった。

武家全盛の往時しか知らない父の吉左衛門は、「代々本陣、問屋、庄屋の三役を勤めて来た祖父たちの方がむしろ幸福であったのか、かくも驚くべき激変の時代にめぐりあって、一世に二世を経験し、一身に二身を経験するような自分ごときが幸福であるのか」と、半蔵の前で呟いてみる。中風で病臥してはいても、やはり〈御一新〉が気になると見えて、隣家の伏見屋金兵衛から聞いた話だが、と前置きして、新政府が討幕の東征軍を動かした戦費の出どころは、尊攘派の「各藩からは無論だが、そのほかに京大坂の町人たちが御用達《ごようたし》となって、百何十万両の調達を引き受けた大きな町家もあるという話だぜ。そんな大金の調達を申し付けるかわりには、新政府でそれ相応な待遇を与えなけりゃなるまい。こりゃ、おれたちの時代に藩から苗字帯刀を許したぐらいじゃ済むまいぞ。王政御一新はありがたいが、飛んだところに禍《わざわ》いの根が残らねばいいが」と言って、為政者と癒着する政商の出現を危惧する。この時、官軍の御用達となって多額の戦費を用立てたのは、のちに政府御用達政商として暗躍する大倉・三井などの豪商である。

六、戸長罷免とお粂の自殺未遂

江戸が東京と改称され、年号も〈明治〉に改まると、新政府は次々に制度の改革に乗り出した。明治二年（一八六九）の版籍奉還によって幕府直轄地や各藩の版（土地）と籍（人民）は朝廷に還納され、幕府や藩の所有地はすべて国の官有地となった。制度改革の潮流は木曽十一宿にも及び、本陣・問屋と木曽福島の関所は廃止され、庄屋と名主は戸長に改められた。

半蔵は村の学事掛りを兼ねた戸長に就いた日から、「木曽谷三十三か村の人民の命脈にかかわるような山林事件」に直面することになる。この年の八月に父・吉左衛門は七十一歳で世を去り、半蔵は青山家の当主として何事も自分の判断で処理しなければならない立場にあった。明治四年の廃藩置県で尾張藩が名古屋県になった時、木曽谷の支配は同県の福島出張所に委ねられ、前《さき》の勘定奉行・土屋総蔵が木曽谷管轄の民政権《ごん》判事に任命された。

《ずっと後の時代まで善政を謳《うた》われた総蔵のような人の存在もめずらしい。この人の時代は、木曽谷の支配が名古屋県総管所（吉田猿松《さるまつ》の時代）のあとをうけ、同県出張所から筑摩県の管轄に移るまでの間で、明治三年の秋から明治五年二月まで正味二年足らずの短い月日に過ぎなかったが、しかしその短い月日の間が木曽地方の人民にとっては最も幸福な時代であった。目《め》安《やす》箱の設置、出《しゅっ》板《ぱん》条例の頒布、戸籍法の改正、郵便制の開始なぞは皆その時代に行なわれた。総蔵はまた、凶年つづきの木曽地方のために、いかなる山野、悪田、空地《あきち》にてもよくできるというジャガタラ芋（馬鈴薯）の試植を勧め、養蚕を奨励し、繰糸《くりいと》器械を輸入した。牛馬売買渡世のものには無鑑札を許さず、下々《しもじも》が難渋する押込みと盗賊の横行をいましめ、復飾（還俗《げんぞく》）もしない怪しげな修験者には帰農を申し付けるなど、これらのことはあげて数えがたい。》

ところが、明治五年二月に木曽地方が名古屋県から筑摩県に移管され、新たに設けられた福島支庁の主任に本山盛徳が着任すると、事態は一変する。半蔵は前年の十二月に、木曽谷三十三か村の総代十五名の代表として明山《あきやま》の停止木解禁の請願書を土屋総蔵に提出したが、決裁されないまま本山盛徳に事務が引き継がれたので、一同は本山と交渉することになった。

半蔵は請願書の中に、五箇条の誓文から「旧来ノ陋習ヲ破リ、天地ノ公道ニ基クベシ」の一節を引用し、疲弊した宿村を救うために享保年代に取り決められて今に至った停止木《ちょうじぼく》の解禁を訴えた。その中に、「海辺の住民は今日漁業と採塩とによって衣食すると同じように、山間居住の小民にもまた樹木鳥獣の利をもって渡世を営ませたい。いずこの海辺にも漁業と採塩とに御停止と申すことはない。もっとも、海辺に殺生禁断の場処があるように、山中にも留山というものは立て置かれてある。しかし、それ以外の明山にも、この山中には御停止木《おとめぎ》ととなえて、伐採を禁じられて来た無数の樹木のあるのは、恐れながら庶民を子とする御政道にもあるまじき儀と察してまつる」とも書きしたためた。しかし、本山は公布された官林規制を盾に、「五種の禁止木は官木であり、官木のあるところは官有地と心得よ」と申し渡して明山への出入りをも禁じた。

版籍奉還と同時に、「木曽全山の面積およそ三十八万町歩あまりのうち、その十分の九にわたるほどの大部分が官有地に編入され」、宅地・田畑を含む民有地はわずかにその十分の一に過ぎなくなっていた。「耕地も少なく、農業も難渋で生活の資本を森林に仰ぎ、檜木笠、めんぱ(割籠《わりご》)、お六櫛《ろくぐし》の類《たぐい》を造って渡世するよりほかに今日《こんにち》暮らしようのない山村」では、官有林に忍び込んで盗伐の厳禁を犯す者が跡を絶たず、盗伐が発覚して「ほとんど毎戸、かわるがわる腰縄付きで引き立てられて行く」ようになる。中央集権化を急ぐ藩閥政府は、各藩の領地を一元的に国家管理することで幕藩体制に終止符を打った。地方の役人は中央官庁からの指令を取り次ぐ上意下達のロボットと化し、全国的に地方住民の切り捨て政策が断行されて行った。

明治六年に入って再び請願書を作成した半蔵は、福島支庁を飛び越して直接筑摩県庁へ訴えることを提案し、各戸長の支持を得た。そこで半蔵は木曽の山林に関する古来の沿革を調べ、尾張藩が村民と交わした約定書などを参照して請願書を補強し、来たる五月十二日を期して松本の県庁へ提出するための旅支度に取りかかった。そこへ突然、福島支庁から半蔵のもとへ召喚状が舞い込む。それには「五月十二日午前十時までに当支庁に出頭せよ。但し、代人を許さない」とあった。明らかに、県庁へ請願書を提出する日を狙って、首謀者と見られた半蔵を抜き打ちにした仕打ちである。当日、福島支庁へ独りで出向いた半蔵の前に一通の書付が差し出された。見ると、「御一新がこんなことでいいのか」と、深い失望感を味わいながら退出した。

「今日限り、戸長免職と心得よ」とある。お上《かみ》に逆らう者への見せしめと受け止めた半蔵は、「御一新がこんなことでいいのか」と、深い失望感を味わいながら退出した。

明治維新により封建的な士農工商の身分制度が廃止されて四民平等になったとはいうものの、それは制度上の建前に過ぎなかった。廃藩置県の際に身分を保証されて〝士族〟となった各藩の武士が官員や巡査に鞍替えすると、彼らは天皇制国家の官僚組織をバックにして再び〝平民〟を蔑視するようになる。特権意識から生じる官尊民卑の理不尽な言動は末端の役人ほど始末におえず、四民平等を期待した地方住民に〈今様地頭《いまようぢとう》〉と恐れられた。

福島支庁の役人に馬籠の戸長を罷免された半蔵は、廃藩置県後に維新政府の執った人民の処遇について考えてみた。各藩の武士は軽輩に至るまで士族の身分を得て平民の上に位置づけられ、公的機関への就職の道が開かれているのに、同じく幕藩体制を陰で支えてきた本陣と問屋は一方的に廃止され、何の見返りもない。また、維新政府から次々に発せられる布令を筆写して村民に伝達し、村民からの諸願届を清書して官庁へ提出する戸長の仕事の量は、庄屋時代の十数倍にも増えたのに特別の手当もなく、臨時雇いの書記への謝礼を含む諸経費はすべて戸長の自己負担となった。

このように、人民を「由《よ》らしむべし、知らしむべからず」扱いをする維新政府の官尊民卑政策は、藩政時代の衆愚政治を踏襲したものである。地方官吏の横暴を見るにつけても、半蔵は「百姓や町人の生きにくい、官僚万能の世の中」の到来を恐れた。その一方で、平田派国学の信奉者として王政復古を喜んだのも束の間のこと、目的のためには手段を選ばない維新政府の朝令暮改の政治にも不安をつのらせてゆく。

王政復古のクーデターによって、立法・司法・行政の三権を統轄する国の最高機関として太政官制が設けられ、クーデターの主謀者である三条実美、岩倉具視、木戸孝允、西郷隆盛、大久保利通らが太政官の実権を握った。彼らは国家神道による祭政一致と天皇神格化の政策を進めるために、太政官と対等の神祇官制を設け、初代神祇総督に明治天皇の外祖父・中山忠能卿を据えた。神祇局の実質的な権限は平田派の正統・平田鉄胤《かねたね》に与えられ、局員のほとんどは平田派門下で占められた。

ところが、明治四年（一八七一）七月に廃藩置県が実施されて官制の大改革が行われると、神祇官は神祇省に格下げされて太政官の管轄となった。更に翌五年三月には、その神祇省も廃されて教部省が新設される。教部省はその後文部省に吸収合併されるが、やがて文部省からもはじき出されて神祇事務は内務省の一部局に移管された。それと併行して、政府の神仏分離政策とキリスト教禁制に対して各地の真宗派寺院や欧米各国公使から異議が申し立てられ、まもなく〝信教の自由〟が認められるようになった。

倒幕によって政権を奪取した藩閥政府は、天皇の絶対的権威を確立することによって自らの権力の基盤を固めようと〈祭政一致〉の政策を採用した。そのために利用されたのが、国粋的な神道観に基づく平田派国学である。維新政府が神祇官制を設けた時、平田派の門人は全国で四千人に達し、平田派国学の全盛時代を迎えた。しかし、明治五年に神祇省が廃止されて祭政一致から欧米式の政教分離に政策が転換されると、平田派国学は無用の長物扱いを受けて政府機関から漸次排除されてゆく。平田鉄胤が神祇局の責任者として政府の要職に就いた期間はわずか三年に過ぎず、平田派門下も次々に職を失った。（国家神道が天皇神学と結びついて再び政治に利用されるのは、藤村が「夜明け前」を構想していた昭和三年以降である。）

半蔵は、期待した復古神道による祭政一致が敢えなく立ち消えになったことに失望する。新帝が五箇条の誓文で人民に約束したことは一体何だったのか。誓文策定の政治的意図に気づいていない半蔵は、「多くの街道仲間の不平を排して、本陣を捨て、問屋を捨て、庄屋を捨てたというのも、新政府の代理というべき官吏にこの（御誓文の）約束を行なってもらいたいからだ」と悔しがる。半蔵もすでに四十三歳に達し、平田派門人として何をなすべきかに思い悩んだ。

だが、半蔵はまだ一縷《いちる》の望みを捨てていなかった。それは、尊王攘夷思想から生まれた〈一君万民〉の政治理念が、四民平等観に裏づけられて必ず民衆の救済原理になるという悲願である。藩閥政府の進める朝令暮改の政治に失望した半蔵は、最後の望みを〈一君〉すなわち天皇親政に託したのである。

藤村がここで描いているように、半蔵の天皇崇敬の念は復古神道に基づく〈信仰〉に近いものであった。藩閥政府の官僚によって創り上げられた天皇神格化の国家体制は、国論統一と民衆支配のための〈虚構の天皇制〉であったが、半蔵はそれに気づかず、天皇の絶対的権威が政治に〈正道〉をもたらすと信じていたのである。

木曽谷の住民を救済するために私費を投じて奔走した山林事件が、思いも寄らぬ戸長罷免という結果で報われた半蔵は、「郡県政治の当局者が人民を信じないことにかけては封建時代からまだ一歩も踏み出していない」ことに失望する。そして、いくら福島支庁の役人が尾張藩の山地を没収して新たな山林規制を突きつけても、「泣き寝入りせず、父にできなければ子に伝えても、旧領主時代から紛争の絶えないようなこの長い山林事件をなんらかの良い解決に導かないのはうそだ」と思いつめるようになる。

《もとより、福島支庁から言い渡された半蔵の戸長免職はきびしい督責を意味する。彼が旧庄屋（戸長はその改称）としての生涯もその時を終わりとする。彼も御一新の成就ということを心がけて、せめてこういう時の役に立ちたいと願ったばっかりに、その職を失わねばならなかった。親代々から一村の長として、百姓どもへ伝達の事件をはじめ、平生種々《さまざま》な村方の世話駈《かけ》引《ひき》等を励んで来たその役目もすでに過去のものとなった。今は学事掛りとしての仕事だけが彼

の手に残った。彼の継母や妻にとっても、これは思いがけない山林事件の結果である。》

先祖代々兼職して来た本陣・問屋・庄屋の三役のうち、最後に残された戸長の職を剝奪された半蔵は、改めて目を家族の方へ向けてみた。半蔵はすでに五人の子の親である。長女お粂《くめ》（十八歳）、長男宗太（十六歳）、次男正己（十三歳）、三男森夫（五歳）、四男和助（二歳、藤村）の五人である。次女と三女は夭折し、次男正己は幼少時に妻籠の青山家（妻お民の実家）へ養子に出しているので、家にいるのは四人である。長女お粂に縁談が持ち上がり、この年（明治六年）の九月二十二日、吉辰《きっしん》良日を期して継母おまんの実家に当たる伊那南《みなみとの》殿村の稲葉家へ嫁ぐことが決まっていた。すでに結納を受け取り、婚礼の準備も進められていたが、寝食を忘れて山林問題に周旋奔走していた半蔵は、娘の婚礼を継母と妻に任せきりにしていた。

お粂の縁談をまとめたのは継母おまんである。お粂はこの縁談に心が進まなかったが、祖母のおまんに逆らえない事情があった。おまんは、「婦人ながらに漢籍にも通じ、読み書きの道をお粂に教え、時には『古今集』の序を暗誦《あんしょう》させたり、『源氏物語』を読ませたりして、孫娘を導いて来た」人だからである。武家育ちで旧本陣を誇りに思うおまんは、「本陣から娘を送り出すのに、七通りの晴衣《はれぎ》もそろえてやれないようじゃ、お粂だって肩身が狭かろうからね。七通りと言えば、地白、地赤、地黒、総模様、腰模様、裾《すそ》模様、それに紋付ときまったものさ」と言って、嫁いで行く時に着せる京染めの鮮やかな紅絹《もみ》色の長襦袢を縫い続ける。

お粂はいつの頃からか半蔵の国学にも興味を抱き、父の感化を受けて「日ごろ父の尊信する本居宣長、平田篤胤諸大人《うし》をありがたい人たちに思う」ようになり、ひそかに奥の間《ま》の神殿で、「神霊《みたま》さまと一緒にいれば寂しくない、どうぞ神霊さま、わたしをお守りください」と祈祷する娘になっていた。妻のお民が、「成長したお粂の後ろ姿を見るたびに、ほんとに父親にそっくりなような娘ができたと思わずにいられない」ほど、起《た》ち居振舞いから性格まで半蔵によく似ていた。

その一方で、継母おまんによる厳しい躾がお粂を縛りつけていた。とりわけ、嫁入り前の孫娘に対するおまんの教育は夜の枕にまで及んでいた。それは、「砧《きぬた》ともいい御守殿《ごしゅでん》ともいう木造りの形のものに限られ、その上でも守らねばならない教訓があった。固い小枕の紙の上で髪をこわさないように眠ることはもとより、目をつぶったまま寝返りは打つまいぞ」という戒めである。九月に入って、お民がお粂のために新調した純白の晴れ着ができあがって出入りの女衆を羨ましがらせたが、当のお粂は「お民の母親らしい心づかいからできた新調の晴れ着」を見せられても、さほど嬉しい顔をしなかった。それどころか、「結婚の日取りが近づけば近づくほど、ほとほとお粂は〝笑い〟を失う」ようになった。

青山家は、先代の吉左衛門亡きあと継母おまんが実権を握っていた。生母を早く失い、三歳の時から継母に養育されてきた半蔵は、何事につけても継母に頭が上がらず、妻子もおまんには逆らえなかった。結婚直前の娘がふさぎ込み、めっきり〝笑い〟を失っていることをお民から聞かされた半蔵は、「ただ娘ごころに決心がつきかねているだけのことなんだろう。おれの家じゃお前、お母さんは神聖な人さ。その人があれならばと言って、見立ててくだすったお婿さんだもの、悪かろうはずもなかろうじゃないか」と言って、継母の取り決めた縁談を不安がるお民をたしなめる。お粂の追いつめられた心情などにまるで無頓着な半蔵は、「お粂にお民手造りの白無垢《しろむく》をまとわせ、白い綿帽子をかぶらせることにして、その一生に一度の晴れの儀式に臨ませる日を待って」いたのである。だれも予想だにしなかった不祥事が、実は起こるべくして起こった。嫁ぐ日を二十日後に控えて、お粂は裏の土蔵の中で自害を図ったのである。

《夕飯後のことであった。下男の佐吉は裏の木小屋に忘れ物をしたと言って、それを取りに囲炉裏ばたを離れたぎり容易に帰って来ない。そのうちに引き返して来て、彼が閉《し》めて置いたはずの土蔵の戸が閉まっていないことを半蔵にもお民にも告げた。その時は裏の隠居所から食事に通うおまんもまだ囲炉裏ばたに話し込んでいた。見ると、お粂がいない。それから家のものが騒ぎ出して、半蔵と佐吉とは提灯《ちょうちん》つけながら土蔵の方へ急いだ。おまんも、お民もそのあとに続いた。暗い土蔵の二階、二つ並べた（おまんとお民の）古い長持のそばに倒れていたのは他のものでもなかった。（短刀で）自害を企てた娘お粂がそこに見いだされた。》

遠い日本古代の婦人の自由闊達な気風はいつしか失われ、「幾時代かの伝習はその抗しがたい手枷《かせ》足枷で女をとらえ、それらの不自由さの中にも生きなければならない当時の娘たちが、全く家に閉じこめられ、すべての外界から絶縁されていた」点では、馬籠旧本陣の娘も例外ではなかった。半蔵に似て生《き》一本な性格のお粂は、一方的に祖母の取り決めた縁談に堪えられなかったが、さりとて〈家〉の権威に正面切って逆らう勇気もなかった。切羽詰まったお粂は〈操り人形〉となって嫁ぐよりも、一人の人間として生きるために敢えて〈死〉を選んだのである。それはまた、個人の人格を無視する〈家〉の権威への無言の抗議でもあった。藤村はそこに、新しい時代に生きる女性の自我の覚醒を暗示している。

ここで更に藤村の作意を忖度《そんたく》すれば、思い悩んだ末に自ら〈死〉を選んだお粂の背後に、やはり短刀で自殺未遂事件を起こし、その数か月後に縊死《いし》した藤村の畏友・北村透谷の影がちらつく。藤村は自伝的小説「春」（明治四一年）の中で、自らを文学の世界へ導いてくれた四歳年長の北村透谷（作中の青木駿一）の生涯を、万感の想いをこめて克明に描いている。国家権力に弾圧されて自由民権運動に挫折した透谷は、文学によって政治を正そうとしてローマン主義文学運動に加わるが、新しい思想と古い〈家〉との板挟みに遭い、苦闘の果てに二十六歳で自裁した。藤村は「春」で、透谷の晩年を次のように小説化している。

《暗い青木の瞑想は、到底人力のなすなきを思わしめる。彼は「自分」というものにすら長いこと欺かれていたと考えるようになった。親も、友だちも、妻も、子も――いや、そういう彼自身すらすでにもう一種の幻影ではないか、こう疑うような精神の状態にいるのである。

夕日のひかりは部屋の内《なか》に満ちた。反抗忿怒《ふんぬ》の情は青木の胸をついてわき上がって来た。彼は爆発弾を投げる虚無党の青年の例なぞを引いて、敵を倒すと同時に自分も倒れて同じく硝煙の中に消えて行くことなぞを言って、目的はとにかく、すくなくもその精神は勇ましい、こんなことを妻にむかって熱心に語り聞かせた。

「あゝ、お前も敗北者なら、おれも敗北者だ——どうだね、いっそおれと一緒に……」／操はあきれて夫の顔をながめた。しばらくの間、彼女は物も言えなかった。》

透谷は自殺する一年前に、「死は近づけり。わが生ける間の〈明るさ〉よりも、今死するきはの〈薄闇〉はわれにとりてありがたし。暗黒！　暗黒！　わが行くところはあづかり知らず、死もまた眠りの一種なるかも。眠りならば夢の一つも見ざる眠りにてあれよ。おさらばなり。おさらばなり」（「我牢獄」）と書き遺している。明治二十六年十二月二十八日の深夜、「あれほど家の人が注意に注意を加えていたにもかかわらず、いつのまにか青木は短刀を持ち出して、われとわが身を殺そうとしたのである。手が狂ったためか、咽喉《のど》の傷口は急所をそれて」、この時は助かった。しかし、翌年五月十六日の払暁、「白昼《ひるま》のように明るかった月の光の静かさ」に魂を誘われた青木は、自宅の庭の梅の木で縊死を遂げた。

お粂もまた、「無言の悲しみを抑えながら、裏庭の月のさし入った柿の木の下なぞをあちらこちらさまよった」その翌日、暗い土蔵の二階で自害を図った。発見されて本宅に移されたお粂は、絶命するまでには至らなかったものの重態で、「変事を聞いて夜中に駕籠《かご》でかけつけて来た山口村の医者杏庵《きょうあん》老人ですら」首をかしげる程であった。半蔵がのぞいて見ると、「娘はまだ顔も腫《は》れ、短刀で刺した喉の傷口に巻いてある白い布も目について、見るからに胸もふさがるばかり」の変わり果てた相貌をしていた。

藤村は「春」においても、納棺された青木駿一（透谷）を次のように描写している。「さし入る強い日の光に照らされた青木の死に顔には、もう血の色がなかった。目は閉じ、瞼は重くたれて、亡くなったあとまでもまだこの人の生《よ》を冥想するかのように見える。感覚のない額、青ざめた頬、それから堅く突き出した腮《あご》のあたりには、どことなく暗い死の影を宿している」――と。ここには、人生の戦場で孤軍奮闘の果てに刀折れ矢尽きた孤独な戦士の苦渋の跡が滲み出ている。

お粂と透谷に共通しているのは、〈家〉の重圧と〈国家〉の弾圧との違いはあっても、自ら人生の〈敗北者〉を確認せざるを得ない孤立無援の絶望感である。透谷の自殺の動機については家族や友人の間でも臆測の域を出なかったように、お粂の場合もおまんやお民がいくら問いただしても、「そこへ手をついて、ただただ恥ずかしいまま、お許しくだされたい」と言うばかりで、委細を語ろうとはしなかった。今にして新旧の「血と血の苦しい抗争が沈黙の形であらわれているのをそこに見た」半蔵は、継母と妻をなだめて「目に見えない手枷《かせ》足枷から娘を救い出す」ことしか方法のないことに思い至る。

しかし、「目上のものの言うことは実に絶対で、親子たりとも主従の関係に近く、ほとほと個人の自由の認めらるべくもない封建道徳の世の中に鍛えられて来たおまんのような婦人が、はたしてほんとうに不幸な孫娘を許してくれるか」となると、半蔵にも一抹の不安があった。一方、事件の日から裏の稲荷《いなり》堂へのお百度詣でを始めたお民は、「あなたが、もっと自分の娘のことを考えてくれたら、こんなことにはならなかったのに」と言って半蔵の無責任さを詰《なじ》る。これには半蔵も返す言葉がなかった。

《山林事件の当時、彼は木曽山を失おうとする地方人民のために日夜の奔走を続けていて、その方に心を奪われ、ほとんど家をも妻子をも顧みるいとまがなかった。彼は義理堅い継母からも、すすり泣く妻からも、傷ついた娘からも、自分で自分のしたことのつらい復讐を受けねばならなかった。》

仲人に対する縁談解消の詫び状から、稲葉家へ使者を立てて縁組解約の申し入れまで、半蔵にとっては目の回るような辛い毎日であった。仲人への詫び状には、「気随《きまま》の娘、首切って御渡し申すべきか、いかようとも謝罪の儀は貴命に従い申すべく候」とまでしたためた。明治六年は、半蔵にとっても青山家にとっても大きな試練の年であった。

七、献扇事件とその余波

長女の自殺未遂による縁談解消の後始末に忙殺された青山半蔵は、それが一段落した明治七年（一八七四）五月、家族には「自己の進路を開拓するため」と告げ、人目を避けて独り東京へと旅立つ。故郷を離れるに先立って、半蔵は自家の祭葬を改典するため、青山家の遠祖が建立した村の万福寺に松雲和尚を訪ねた。半蔵は、神道信奉者の立場から仏式葬を廃して神葬祭に改めるので青山家代々の位牌を持ち帰りたい旨を申し入れた。その上で、「これまで青山の家では忌日供物の料として年々斎米《ときまい》二斗ずつを寺に納め来たったもので、それもこの際、廃止すべきところであるが、旧義を存して明年からは米一斗ずつを贈る」ことも申し添えた。

万福寺開基の青山家が改典して万福寺を離れるということは、松雲にとっても由々しき問題である。平田派門下として復古神道を奉ずる半蔵のことだから、「おそかれ早かれ、こういう日の来ること」は察していたが、改めて青山家の位牌持ち去りを言い出されてみると、松雲も考えないわけにはいかなかった。位牌堂へ案内した松雲は、中央に一際《ひときわ》高く光っている開祖・青山重通の「万福寺殿昌屋常久禅定門」と記した位牌の前で、「時に、青山さん、わたしは折り入ってあなたにお願いがあります。御先祖の万福寺殿《でん》、それに徳翁了寿居士《こじ》御夫婦――お一人は万福寺開基、お一人は中興の開基でもありますから、この二本の位牌だけはぜひとも寺にお残しを願いたい」と申し出て、半蔵の了解を得た。半蔵は残りの位牌を持ち帰り、自宅奥の上段之間《ま》に自ら設置した〈神殿〉に収めたが、青山家の家族で改典したのは半蔵独りであった。

上京した半蔵は、当時文部省の局長クラスの地位にあった旧知の田中不二麿（旧尾張藩士）を訪ね、神社関係の就職を依頼した。田中は平田派一門が多く勤めている教部省（神祇局の後身）の雇員に採用してくれた。半蔵は十年前に長期滞在したことのある多吉・お隅夫婦の仕舞屋《しもたや》に居を定めた。十年振りに見る東京は、もはや昔の江戸ではなかった。半蔵は多吉夫婦に勧められて評判の銀座へ出てみたが、「その界隈《かいわい》は新しいものと旧《ふる》いものとの入れまじりで雑然紛然として」いた。

《今は旅そのものが半蔵の身にしみて、見るもの聞くものの感じが深い。もはや駕籠《かご》もすたれかけて、一人乗り、二人乗りの人力車、ないし乗合馬車がそれにかわりつつある。行き過ぎる人の中には洋服姿のものを見かけるが、多くはまだ身についていない。中には洋服の上に羽織を着るものがあり、切り下げ髪に洋服で下駄をはくものもある。長髪に月代《さかやき》をのばして仕合い道具を携えるもの、和服に白い兵児帯《へこおび》を巻きつけて靴をはくもの、散髪で書生羽織を着るもの、思い思いだ。うわさに聞く婦人の断髪こそやや下火になったが、深い窓から出て来たような少女の袴を着け、洋書と洋傘《ようがさ》とを携えるのも目につく。まったく、十人十色の風俗をした人たちが彼の右をも左をも往ったり来たりしていた。》

上京した半蔵の本意は、「どこか古い神社へ行って仕えたい、そこに新生涯を開きたい」ということで田中不二麿を訪ねたのであるが、田中から「しばらく教部省に奉職して時機を待て」と言われ、教部省で「同門諸先輩が残した仕事のあとを見たいと考え」て、田中の勧めに従った。しかし世情を見るに、「うっかりすると御一新の改革も逆に流れそうで、心あるものの多くが期待したこの世の建て直しも、四民平等の新機運も、実際どうなろうか」と危ぶまれた。半蔵の眼前に広がる世界は、「帰り来る古代ではなくて、実に思いがけない近《ちか》つ代《よ》」だったのである。

半蔵は毎朝裏手の井戸端で水垢離《みずごり》を執り、後ろに垂れた総髪《そうがみ》を紫の紐で結び束ね、短い羽織に袴をつけ、白足袋に雪駄《せった》ばきで役所に通った。半蔵は「総髪こそ神に仕える身にふさわしい」と思っていたが、散切《ざんぎ》りに洋服姿の同僚たちは時代遅れの服装をした半蔵を〈総髪〉の渾名《あだな》で揶揄した。半年ほど勤めてみて、半蔵は役所の仕事のいい加減さに嫌気がさし、教部省に就職したのは自分の誤りであったのではないかと思うようになる。神祇事務にたずさわる役人の通俗さもさることながら、国家神道管轄の役所であるはずの教部省が、いつのまにか仏教やキリスト教を含む宗教全般の事務を扱う役所になっていることに違和感を覚えたからである。

《すべてが試みの時であったとは言え、各自に信仰を異にし意見を異にし気質を異にする神官僧侶を合同し、これを教導職に補任して、広く国民の教化を行なおうと企てたことは、言わば教部省第一の使命ではあったが、この企ての失敗に終るべきことは教部省内の役人たちですら次第にそれを感づいていた。初めから一致しがたいものに一致を求め、協和しがたいものに協和を求めたことも、おそらく新政府当局者の弱点の一つであったろう。ともかくもその国民的教化組織の輪郭だけは大きい。中央に神仏合同の大教院があり、地方にはその分院とも見るべき中教院、小教院、あるいは教導職を中心にする無数の教会と講社とがあった。いわゆる三条の教則（敬神愛国・天理人道・皇室尊崇）なるものを定めて国民教導の規準を示したのも教部省である。けれども全国の神官と共に各宗の僧侶をして布教に従事せしめるようなことは長く続かなかった。専断偏頗《へんぱ》の訴えはそこから起こって来て、教義の紛乱も絶えることがない。外には布教の功もあがらないし、内には協和の実《じつ》も立たない。（中略）

……いかんせん、役所の空気はもはや事を企つるという時代でなく、ただただ不平の多い各派の教導職を相手にして妥協に妥協を重ねるというふうであった。同僚との交際にしても底に触れるものがない。今の教部省が神祇省と言った一つの時代を中間に置いて、以前の神祇局に集まった諸先輩の意気込みを想像するたびに、彼は自分の机を並べる同僚が互いの生い立ちや趣味を超えて、何一つ与えようともせず、また与えられようともしないと気がついた時に失望した。》

幾度か躊躇したが「これはおれの来《く》べき路ではなかったのかしらん」と思案した半蔵は、最近文部大輔《たいふ》（次官）に昇進したばかりの田中不二麿を再び訪ね、事情を話して地方の国幣社宮司の職を依頼した。まもなく田中の推薦で、半蔵は飛騨国大野郡一の宮にある国幣小社・水無《みなし》神社の宮司に内定した。国幣社は官幣社に次ぐ社格の国家神道の神社である。

それにしても、飛騨への道は遠い。「東京から中仙道を通り、木曽路を経て、美濃の中津川まで八十六里余。さらに中津川から二十三里も奥へはいらなければ」水無神社に達することはできない。しかしそこには、「半蔵が平田篤胤没後の門人であり、多年勤王のこころざしも深かった人と聞いて、ぜひ水無神社の宮司にと懇望する」飛騨地方の有志者もいるという。

すでに多くの国学者は活躍の場を失って困難な時勢に際会していた。半蔵の同門の諸先輩たちも、ややもすれば新時代の激しい潮流に押し流されそうに見えた。最も古いところに着眼して、最も新しい路を切り開こうとした先達から半蔵が得たものは何であったか。それは、古代の全き相貌《すがた》を明らかにして後世に伝えた本居宣長の復古精神である。

《……最も古いところに着眼して、しかも最も新しい路をあとから来るものに教えたのは国学者仲間の先達であった。あの賀茂真淵あたりまでは、まだそれでもおもに万葉を探ることであった。その遺志をついだ本居宣長が終生の事業として古事記を探るようになって、はじめて古代の全き貌《すがた》を明るみへ持ち出すことができた。そこから、一つの精神が生まれた。この精神は多くの夢想の人の胸に宿った。後の平田篤胤、および平田派諸門人が次第に実行を思う心はまずそこに胚胎《はいたい》した。なんと言っても「言葉」から歴史にはいったことは彼らの強みで、そこから彼らは懐古でなしに、復古ということをつかんで来た。彼らは健全な国民性を遠い古代に発見することによって、その可能を信じた。それにはまずこの世の虚偽を排することから始めようとしたのも本居宣長であった。情をも撓《た》めず欲をもいとわない生の肯定は、この先達があとから歩いて来るものにのこして置いて行った宿題である。その意味から言っても、国学は近《ちか》つ代《よ》の学問の一つで、何もそうにわかに時世おくれとされるいわれはないのであった。》

要するに、「過去数百年にわたる武家と僧侶との二つの大きな勢力を覆《くつが》えして」王政復古への道を開いたのは、実に国学の力によるものだというのである。ここに、平田篤胤没後の門人に加えられた青山半蔵の矜持があった。半蔵は飛騨の山奥で、本居宣長や平田篤胤の遺著に親しみながらひっそりと〝斎《いつき》の道〟に勤《いそ》しむのも国学者としての生き方だと思う一方で、一旦引っ込んでしまえばそこに身を埋《うず》めてしまうのではないかと思うと、なかなか決心がつきかねた。

文明開化という名の洪水によって、「この国のものは学問のしかたから風俗の末に至るまで新規まき直しの必要に迫られ」、今に日本の言葉はなくなって英語の世の中になるとか、色も白く鼻筋もよく通った西洋人と結婚して優秀な人種を生み出すのだ、などの流言が巷にあふれていた。

それらの眼前に生起する混沌とした現象を見るにつけても、今しばらく東京に留まって、「このいわゆる文明開化がまことの文明開化であるか」を見定めたい気持もあった。正直なところ、半蔵は遠い飛騨行きを誰かに引き止めてもらいたかったのである。しかし、東京在住の知人に意見を聞いて歩いたが、「何も飛騨まで行かなくとも他に働く道はあろうと言って彼を引き止めようとしてくれる人」は誰もなかった。師の平田鉄胤《かねたね》翁にまで、「一生に一度はそういう旅をして来るのもよかろう」と言われ、半蔵は「遠く寂しく険しい路」へ旅立つことを決意する。

東京を去る日が近づいた明治七年十一月十七日、半蔵はその日に明治天皇の行幸があることを聞き知り、「せめて都を去る前に御通輦《ごつうれん》を拝して行こう」と思い立つ。その日は朝早く水垢離《ごり》を執って身心を浄め、羽織袴《はかま》に衣服を改めて道筋の神田橋見附跡へ出かけた。この時半蔵は、自作の和歌を墨書した新しい扇子を持参していた。

蟹の穴ふせぎとめずは高堤《たかづつみ》やがてくゆべき時なからめや　　半蔵

それは、西洋文明やキリスト教の侵入を放置すれば、わが国は近い将来崩壊し、きっと後悔するだろう、との思いを詠んだものである。（蟹は蟹行《かいこう》文字、即ち欧文の横文字、くゆは「崩ゆ」と「悔ゆ」の掛詞）

待つこと二時間ばかり、やがて近衛騎兵隊を先頭に行列が近づいて来た。その時、半蔵は手にした扇子を献じたいと思う強い衝動に駆られ、行列の第一の馬車をお先乗りだと心得て、「前後を顧みるいとまもなく群集の中から進み出て、そのお馬車の中に扇子を投進」した。ところが、先頭の馬車には天皇が乗っていたので大騒ぎとなった。群集は「訴人だ、訴人だ」と叫び、半蔵は駈けつけた巡査に〈不敬漢〉として取り押さえられた。警視庁で一応の訊問を受けたあと半蔵は入檻を命ぜられ、医者による精神鑑定が行われた。翌日、東京裁判所へ移送された半蔵は、そこで本格的な取り調べを受けた。

半蔵の申し立てによれば、「かねて耶蘇《ヤソ》教の蔓延を憂い、そのための献言も仕りたい所存であったところ、たまたま御通輦を拝して憂国の情が一時に胸に差し迫り、ちょうど所持の扇子に自作の和歌一首しるしつけて罷《まか》り在ったから、御先乗《おさきのり》とのみ心得た第一のお車をめがけて直ちにその扇子をささげたなら、自然と帝のお目にもとまり、国民教化の規準を打ち建てる上に一層の御英断も相立つべきかと心得た」のだという。五日間の拘置取り調べの後、釈放された半蔵は裁判所の裁定が下るまで「宿預け、謹慎」の身となる。明けて明治八年一月十三日、半蔵は東京裁判所の大白洲《おおしらす》に呼び出され、一通の「裁断申し渡し書」を手渡された。

《その方儀、憂国の過慮より、自作の和歌一首録し置きたる扇面を行幸の途上において叡覧《えいらん》に備わらんことを欲し、みだりに供奉《ぐぶ》の乗車と誤認し、投進せしに、御《ぎょ》の車駕《しゃが》に触る。右は衝突儀仗《ぎじょう》の条をもって論じ、情を酌量して五等を減じ、懲役五十日のところ、過誤につき贖罪《しょくざい》金

三円七十五銭申し付くる。》

情状酌量は文部大輔・田中不二麿の働きかけである。しかも、心配していた〈水無神社宮司兼中講義〉の職については、進退伺いを出しておいた教部省から「その儀に及ばないとの沙汰」があって半蔵は安堵した。しかし、青年時代から王政復古を夢見て尊王攘夷派を支持してきた半蔵にとって、その王政が実現した今になって、国家から〈不敬〉の罪状を突きつけられたことは堪えがたい屈辱であった。次々に押し寄せてくる時代の大波（文明開化）を突き切ろうとして、かえって身に深い打撃を受けた半蔵の前途には、「幾度か躊躇した飛騨の山への一筋道と、神の住居《すまい》とが見えている」だけであった。

この時期、薩長の藩閥官僚は、中央集権の天皇制国家を樹立するために強権的な官僚機構の基盤固めを進めていた。それは、天皇の代理として官僚が国務を執行し、天皇の名において官僚が法令を作成して全国に布告するという上意下達の日本型官僚主義であり、幕藩時代の将軍や藩主の権威を天皇に置き換えただけの強圧的な統治・支配体制にほかならなかった。

半蔵は永年、宿場を守るために激務に耐えてきたが、期待した〈御一新〉になっても何一つ報われないばかりか、政府の一方的な地租改正などにより木曽谷住民の生活は藩政時代よりも苦しくなっていた。その現実を直視しつつも、なお王政復古によって理想の政治がもたらされることを信じて疑わぬ半蔵の胸中には、天皇と庶民との間に官僚という名の〈岩戸〉が出来てしまい、

「それあるがために日の光もあらわれず、大地もほほえまず、君と民とも交わることができない」のだという思いが膨らんでいた。

木曽谷の住民を苦しめている官有林への出入り禁止を解除してもらう請願も地方の役人にはねつけられ、打つ手がない状況に追い込まれていた半蔵にとって、天皇への直訴にも相当する献扇事件は、これまで「こらえにこらえて来た激情が一時に堰《せき》を切って」あふれ出した行為だったのである。

年が明けて半蔵は、暮れのうちに出したらしい娘お粂と継母おまんからの便りを受け取った。お粂の手紙には、「父の身を案じて暮らしていることから、留守宅一同の変わりのないこと、母お民から末の弟和助まで毎日のように父の帰国を待ちわびていることなぞ」が、若々しい女文字でしたためられていた。手紙など書いたことのないお民に代って、お粂が青山家の様子を知らせて寄越したのである。しかし、継母の手紙はそんな生易しいものではなかった。そこには、「半蔵の引き起こした今度の事件がいつのまにか国もとへも聞こえて来て、種々《さまざま》なうわさを生んでいる。お粂はその後めっきり元気を回復し、例の疵口《きずぐち》も日に増し目立たないほどに癒え、最近に木曽福島の植松家から懇望のある新しい縁談に耳を傾けるほどになった」とある。しかも、最後には半蔵の酒癖にまで言及し、「近ごろことのほか大酒するようになったと聞き伝えるが、男の大《たい》厄《やく》と言わるる前後の年ごろに達した時は、とりわけその勘弁（我慢）がなくては危ない。……酒を飲むたびに亡き父親のことを思い出して、かたくかたくつつしめよ」と忠告している。幼年時代から「お母さんほどこわいものはない」と思い続けてきた半蔵にとって、継母の手紙は骨身に沁みた。

東京の生活を清算するため隣家の伏見屋伊之助に借金を申し入れた半蔵は、金子を持参して半蔵を迎えに来た峠村の平兵衛から、馬籠界隈における献扇事件の噂を聞かされて憂鬱になった。「ほんとに、人のうわさにろくなことはあらすか。半蔵さまが気が違ったという評判よなし。お民さまなぞはそれを聞いた時は泣き出さっせる。皆のものが言うには、本陣の旦那はあんまり学問に凝らっせるで、まんざら世間の評判もうそではなからず、なんて──村じゃ、そのうわさで持ち切りだという。罪人として収監された噂も流れていたというから、伝統ある青山家を誇りに思う継母の怒りは推して知るべしである。半蔵は無力な自身を恥じながらも、外圧に揺さぶられている日本の運命に思いを馳せてみる。

《王政復古以来、すでに足掛け八年にもなる。下から見上げる諸般の制度は追い追いとそなわりつつあったようであるが、一度大きく深い地滑りが社会の底に起こって見ると、何度も何度も余りの震動が繰り返され、その影響は各自の生活に浸って来ていた。こんな際に、西洋文物の輸入を機会として、種々雑多の外国人はその本国からも東洋植民地からも入り込みつつあった。(中略)ヨーロッパの文明はひとり日本の政治制度に限らず、国民性それ自身をも滅亡せしめる危険なくして、はたして日本の国内にひろめうるか、どうか。この問いに答えなければならなかったものが日本人のすべてであった。当時はすでに民選議院建白の声を聞き、一方には旧士族回復の主張も流れていた。目に見えない瓦解《がかい》はまだ続いて、失業した士族から、店の戸をおろした町人までが、互いに必死の叫びを揚げていた。だれもが何かに取りすがらずにはいられなかったような時だ。半蔵は多くの思いをこの東京に残して、やがて板橋経由で木曽街道の空に向かった。》

一年間の不如意な東京生活に終りを告げた半蔵は、献扇事件による〈不敬漢〉の汚名を着たまま、水無神社宮司として赴任するために飛騨への道を急いだ。途中、馬籠の自宅に三日間滞在するが、その際に青山家を取り仕切る継母から突然隠居を申し渡され、家督を十八歳の長男・宗太へ委譲することになった。経済の才覚に疎《うと》い上に献扇事件で青山家の名を汚したことがその理由であるが、「たとい城を枕に討死《うちじに》するような日が来ても旧本陣の格はくずしたくない」というのが継母の悲願であった。半蔵がひそかに青山家の土地の一部を隣家へ売却していたことも継母は知っていたのである。先に戸長を罷免され、今また家長の地位を剝奪された半蔵は、再び「生涯の中でもおそらく忘れることのできない屈辱」を味わうことになる。

実際には、藤村の父・島崎正樹が明治七年に上京した時、継母・桂の要請で長男・秀雄に家督を委譲しているが、作中では献扇事件にからめてこれを一年後に設定している。そこには、献扇事件が青山半蔵の人生に決定的な影響を及ぼしたことを明確にする意図が働いたものと思われる。

また、飛騨への旅の途次、正樹は生家へ立ち寄っていない。正樹は甲州街道から松本経由で飛騨へ向かっている。この時期の半蔵の人物像には、正樹の遺稿「ありのまゝ」の自画像が投影されているので、その一例を挙げてみる。

《正樹、性鈍にして活計に拙《つたな》し。産を破りて家を成さず。負債は年をおうてかさみ、あまつさへ利子之に加はる。終《つい》に維新の際にあたり、累世の三役頻《しき》りに廃止となる。仰ぎて以て親に奉ずるに足らず。俯して以て妻子を養ふに足らず。憂慮焦心、ほとんど憔悴を致す。戸長を勤むれども僅かに糊米《こまい》ばかりを得、学事係を勤めても月給三円なり。之に因りて所有の器物を売却して足らず。頼母子講《たのもしこう》を企て、一時の危急を救へば、年々送金の為に飯米を売却し、毎年八、九月に至れば米櫃《こめびつ》もしばしば空《むな》しきに至る。加ふるに家族の衣服、牆屋《しょうおく》の修覆、皆以て之が備へを為さざるべからず。以て負債の基となり、終に所有の耕地を売却せざれば償はざるに至る。幸ひに郷里近隣の金主、慕愛あるを以て種々の寛免を加へらる。不幸の幸、亦憫《あわれ》むべし。活計の不才覚なる、継母の叱りを受けて一言の申し訳あることなし。痛嘆、骨に刻む。》(一部補筆)

馬籠滞在中に半蔵を悦ばせたのは、あの「死をもって自分の運命を争おうとした」長女お粂に新しい縁談が起こり、木曽福島の植松家へ嫁ぐことが決まったことである。「お父《とっ》さん、やっとわたしも決心がつきました」と告げるお粂の健気な様子に半蔵は安堵する。永年親交を続けてきた隣家の伏見屋伊之助には特に一書をしたため、「しばらくのお別れにこれを書く。自分はこの飛騨行きを天の命《めい》とも考えて、高地の方に住む人々に、満足するような道を伝えたい……飛騨の人々が首を長くして自分の往くのを待ちわびているような気がしてならない。二年、三年の後、自分はむなしく帰るかもしれない。あるいは骨となって帰るかもしれないが、ただただ天の命を果たしうればそれでいいと思う。東京の旅以来、格別お世話になったことは、心から感謝する。ただお粂のことは、今後も何卒お力添えあるようお願いする。……」と訣別の辞を残した。

飛騨の国幣小社・水無神社は、高山から一里半ほど山の中へ入った所にある。半蔵は復古神道の信奉者として、僧侶による仏式葬を嫌い、早くから神主による神葬祭を提唱してきた。国幣社は官幣社と同じく国家の管理する神社で、国家神道の性格を有し、国庫から奉幣料が与えられ、神官の月給も官庁の出先機関から支給されていた。ところが、半蔵が着任してみると、「飛騨の高山地方は京都風に寺院の多いところで、神仏混淆《こんこう》の長い旧習は容易に脱《ぬ》けがたく、神社はまだ事実において仏教の一付属たるがごとき観を有し、五、六十年前までは神官と婚姻を結ぶなら地獄に堕ちるなど言われて、相応身分の者は神官と婚姻を結ぶことさえ忌み避けるほどの土地柄」である。しかも、水無神社の祭神は〈水無大菩薩〉だという。

ここでは神官は僧侶の下位に見られていたので、半蔵の講話や祝詞《のりと》を真面目に聴く人は少なかった。村びとから見ると、「今度の水無神社の宮司さまのなさるものは、それは弘大な御説教で、この国の歴史のことや神さまのことを村の者に説いて聞かせるうちに、いつでもしまいには自分で泣いておしまいなさる。社殿の方で祝詞なぞをあげる時にも、泣いておいでなさることがある。村の若い衆なぞはまた、そんな宮司さまの顔を見ると、子供のようにふき出したくなる」のだという。半蔵は念仏仏教の支配する世界へ飛び込んで行って、熱っぽく〈斎《いつき》の道〉を説き、古代神の〈自然《おのずから》への回帰〉を説いても、まるで反応はなかった。彼は、「自ら思うことの十が一をも果たせなかった」ことに苛立ち、維新以来、国家神道に基づいて一切のものが建て直されたとは言うものの、まだまだ名ばかりに過ぎないことを痛感する。

半蔵は、水無神社の宮司在任中に二度馬籠を訪れている。一度は、長女お粂が木曽福島の植松家へ嫁いだ時。今一度は、長男宗太が飯田から嫁を迎えた時である。あとは、飛騨の山奥に籠り切りであった。しかし実際は、正樹の長女園は正樹が東京で教部省に奉職していた明治七年九月に木曽福島の高瀬家に嫁いでおり、長男秀雄が飯田町の城所家から妻を迎えたのは正樹が水無神社宮司を罷免されて帰郷した翌年の明治十二年五月であるから、双方とも在任期間からずれている。当時、水無神社のある一の宮から馬籠までは、馬も通わない嶮岨な加子母《かしも》峠を越えて片道三泊四日もかかったというから、簡単に往還できる道ではない。おそらく藤村は、旧本陣の当主の面目を立てるために長女と長男の婚姻に立ち会うという設定にしたのであろう。

献扇事件で村びとから狂人視されていることを知り、飛騨へのコースも馬籠を避けて甲州街道にした正樹のことだから、噂が立ち消えになるまでの丸三年間、正樹は一度も帰郷していないのではないかと思う。というのは、飛騨滞在中に正樹にとって掛け替えのない馬籠在住の人物が二人も他界しているのに、正樹は葬式に出席していないからである。一人は正樹の異母妹・小島崎《こしまざき》由伎《ゆき》（明治九年八月二九日歿、享年四一歳）、今一人は隣家の大黒屋当主・大脇信常（明治一〇年六月一〇日歿、享年四四歳）である。前者は作中の半蔵の異母妹お喜佐のモデルであり、後者は伏見屋伊之助のモデルである。

「夜明け前」で半蔵は、村びとに受け容れてもらえない孤独な寂しさを和歌に託して伏見屋伊之助へ送っている。「飛驒高山中教地にて詠める」としたそれらの和歌の中に、十四首の〈恋歌〉が含まれており、これを読んだ病床の伊之助は、「これらの歌にあらわれたものは、実は深い片思いの一語に尽きる。そしてこれまで長く付き合って見た半蔵のしたこと、言ったこと、考えたことは、すべてその深い片思いでないものはない」と感慨深げに呟くが、傍らで聞いている妻には何のことかよく飲みこめない。藤村もこれ以上言及していないので、十四首の〈恋歌〉は特定の女性への片想いの恋情を詠んだものか、山奥での孤寥を慰めるための空想歌なのか、判然としない。

○もろともに夢もむすばぬうき世にはふ（経）るもくるしき世にこそありけれ
○おろかにもおもふ君かなもろともにむすべる夢の世とはしらずて
○月をだにもらさぬ雲のおほほしく独りかもあらむ長きこの夜を
○今ぞ知る世はう（憂）きものとおもひつつあひみぬなかの長き月日を

○相おもふこころのかよふ道もがなかたみ（互い）にふかきほどもしるべく
○年月《としつき》をあひ見ぬはし（間）に中たえておもひながらに遠ざかりぬる
○霞たつ春の日数をしのぶれば花さへ色にいでにけるかな
○もろともにかざしてましを梅の花うつろふまでにあはぬ君かも
○年月の塵もつもりぬもろともに夢むすばむとま（設）けし枕に
○うたたねの夢のあふせをあらたまの年月ながくこひわたるかな
○年月のたえて久しき恋路にはわすれ草のみしげりあふめり
○この頃は夏野の草のうらぶれて風の音だにきかずもあるかな
○たまさかの言《こと》の葉草もつま（端＝便り）なくにたまるは袖の露にぞありける
○しげりあふ夏山のま（際）にゆく水のかくれてのみやこひわたりなむ

これらの〈恋歌〉は島崎正樹の実作四十三首の中の一部であるが、これは留守を預かる妻を詠んだものではない。いずれも、世をはばかる忍ぶ恋路の歌である。実は、正樹に結婚前から情を交わした女性がいた。しかもその女性は公にできない立場の人で、「夜明け前」第一部に〈お喜佐〉の仮名で登場する。お喜佐は継母おまんの娘で、半蔵の異母妹に当たる。藤村はお喜佐を登場させる場合、その都度〈半蔵の異母妹〉と注記して半蔵との血縁関係を読者に印象づけている。すでに触れたようにお喜佐のモデルは、再婚した継母・桂《けい》と父・吉左衛門との間に生まれた由伎で、正樹より四歳年少である。一説に、由伎は桂の連れ子だとあるが、由伎は桂が島崎家に嫁いだ二年後に生まれているので、正樹にとっては正真正銘の異母妹である。

実は、正樹と由伎との間にインセスト（近親相姦）の関係があり、その罪悪感と恋情は長く正樹を苦しめてきた。二人の恋仲は早くから公然の秘密になっており、隣家の伊之助のモデル・大脇信常もその相談にあずかっていたという。作中の伊之助が、「半蔵さんの歌は出来不出来がある。そのかわり、どれを見ても真情は打ち出してあるナ。言葉なぞは飾ろうとしない。あの拙《つたな》いところが作者のよいところだね。こう一口にかじりついた梨のような味が、半蔵さんのものだわい」と感心しているのは、半蔵とお喜佐の間柄を暗示したものである。

由伎は生涯、馬籠に住んで島崎家と親交を結んだが、正樹が水無神社の宮司在任中に、養子を取って分家した小島崎家の新宅で病歿した。正樹が詠んだ四十三首の〈恋歌〉は、いずれも異母妹への堪えがたい恋情を訴えたものである。藤村が作中で必要以上にお喜佐を〈半蔵の異母妹〉と注記したのは、半蔵にとってお喜佐は単なる身内ではないことをほのめかしているのである。作中にお喜佐とは無関係に挙げられている十四首の〈恋歌〉について、伊之助に「これらの歌にあらわれたものは、実は深い片思いの一語に尽きる」と言わせているのも、知る人ぞ知るという藤村流の暈《ぼか》しの手法である。

藤村は正樹の遺稿「ありのまゝ」を踏まえて結婚前の半蔵の行状について書いているが、身内の精神病理学者・西丸四方が『島崎藤村の秘密』で指摘するように、これは〝表面的な伝記〟であって、必ずしも正樹の本音を語ったものではない。藤村は「夜明け前」の中で十代後半の半蔵の気質を、「村には、やれ魚釣りだ碁将棋だと言って時を送る若者の多かった中で、半蔵ひとりはそんな方に目もくれず、また話相手の友だちもなくて、読書をそれらの遊戯に代えた」とか、二十三歳で嫁を迎えるまで「夜遊び一つしたことのない半蔵」などと、学問好きの真面目な青年として描いている。これは、父・正樹をモデルにした青山半蔵の人物造形に、畏友・北村透谷像を重ねて謹厳実直な人物に仕立てているからである。同時に、お民のモデルとなった母・縫《ぬい》の不身持ち（三男・友弥＝作中の森夫は不倫の子？）についても藤村は全く言及していない。つまり、藤村は両親の反道徳的な秘密を作品に奥深く封じ込め、平田派国学者の半蔵を専ら時代の殉難者として扱うことで、格調高い思想小説に仕立てることができたのである。

八、神官罷免と生家追放

水無神社宮司を務めて三年目の明治十年十二月、明治政府は国論がほぼ統一されたのを見計らい、天皇神格化の中央集権制度確立の手段として採用してきた〈祭政一致〉に見切りをつけ、欧米にならって〈政教分離〉に政策を転換した。その結果、明治元年に太政官布告で国家神道普及の官社として特設された全国の官幣社と国幣社の神官制は廃止され、政府機関から派遣された半蔵ら神官は辞任に追い込まれた。官幣社管轄の宮内省と国幣社管轄の教部省から、政教分離政策に不服の神官は「直ちに任意辞職を申し出よ」との通達があり、国の出先機関である高山町の神道事務局から支給されていた神官の給料も段階的に減らされることになった。奥山の清浄な神域で〝斎《いつき》の道〟を踏もうと決意して赴任した半蔵は、こうして国家の都合によって切り捨てられ、村びとに受け容れられることもなく、心の中の神域までも破壊されたような敗北感を味わいながら、翌年の春に悄然と馬籠へ帰って行く。

明治も十年を過ぎると、政治の空気は一変していた。王政復古以来、「この維新の成就するまでは」と、心ある者が皆言い合って、半蔵のような旧庄屋風情でも、そのために一切を忍びつづけてきた。多くの街道仲間の不平を排しても、本陣を捨て、問屋を捨て、庄屋を捨てて、報いられることの少ない戸長の職に甘んじてきた。郡県政治が始まって木曽谷山林事件のために戸長を罷免された時でも、「まだまだ多くの深い草叢《くさむら》の中にあるものと共に時節の到来を信じ、新しい太陽の輝く時を待ち受けた」のも半蔵であった。しかし、政教分離政策が半蔵の前に突きつけたものは、「復古の道は絶えて、平田一門はすでに破滅した」という非情な現実であった。

《過ぐる年月の間の種々《さまざま》な苦《にが》い経験は彼一個の失敗にとどまらないように見えて来た。いかなる維新も幻想を伴うものであるのか、物を極端に持って行くことは維新の付き物であるのか、そのためにかえって維新は成就しがたいのであるか、いずれとも彼には言って見ることはできなかったが、これまで国家のために功労も少なくなかった主要な人物の多くでさえ西南戦争(明治十年)を一期とする長い大争いの舞台の上で、あるいは傷つき、あるいは病み(木戸孝允)、あるいは自刃し(西郷隆盛)、あるいは無慙な非命の最期(大久保利通)を遂げた。思わず出るため息と共に、彼は身に徹《こた》えるような冷たい山の空気を胸いっぱいに呼吸した。》

王政復古を裏づける五箇条の誓文によって民生の福利増進が図られるはずであった維新政府の政策は、いつのまにか欧米型の資本主義を採り入れた殖産興業・富国強兵策へと転じていた。近代的軍事力の創設が国策の中心課題に据えられると、政府の手厚い保護の下に急成長した三井、三菱、住友などの政商が政治の舞台裏で暗躍するようになる。昭和の軍国主義時代に〈富国強兵・忠君愛国〉のシンボルとなった靖国神社が出現するのもこの時期である。

国家神道による祭政一致政策を取りやめた時点で全国の官・国幣社の神官制を廃止した政府は、天皇神格化に利用できる別格官幣社だけは存続させた。その上で明治十二年六月、幕末の勤王派殉難者や官軍の戦没者を祀った九段坂《くだんざか》上の東京招魂社（京都忠魂社の後身）を別格官幣社に昇格させて靖国神社と改称した。もともと別格官幣社は明治四年、天皇に忠誠を尽くした歴史上の人物を顕彰する目的で創設されたもので、その第一号は楠木正成を祀る湊川神社である。その点、靖国神社は富国強兵策から生まれた異例の神社である。

靖国神社が他の別格官幣社と異なる点が三つある。一つは、祭神が特定の個人ではなく官軍戦没者の集団合祀であること。二つは、神社の経営管理が政府の宗教関係機関でなく、内務省・陸軍省・海軍省の三者による共同管理であること。三つは、天皇の親拝を義務づけることによって祀られた臣下に最高の栄誉を与えたこと、である。つまり、靖国神社を別格官幣社の最上位に据え、それによって「死して護国の神になる」という殉国神話を創り上げたものであり、そのすべては天皇直属の軍隊の創設を目論む長州閥官僚の山県有朋と伊藤博文の考えたシナリオである。

近代軍制に詳しい兵学者の西周《にしあまね》が、山県の要請を受けて「軍人勅諭」の起草に取りかかるのはこの直後である。

半蔵は殖産興業・富国強兵を国策として大規模な軍需産業（兵器・軍艦の国産化）を奨める政

府の強引な手法に不安を覚え、「どんな社会の変革でも人民の支持なしに成し遂げられたためしのないように、新政府としては何よりもまず人民の厚い信頼に待たねばならない」と独り呟く。昭和初年の「夜明け前」執筆当時は治安維持法による厳しい言論思想の統制・弾圧下にあったので、藤村は作中で靖国神社の成り立ちや「軍人勅諭」に言及することを避けたが、半蔵のこの言葉から、当時軍部と右翼が画策していた〈昭和維新〉という名のファシズム体質を警戒する藤村の鋭い眼差しを感じとることができる。

藤村は「夜明け前」の中で、明治維新を〈革命〉と呼び、その革命を下支えした草叢《くさむら》の民を〈人民〉と呼んだ。もともと人民は、統一国家が形成されて人々を〈国民〉と呼ぶようになる明治十年代半ばごろまで一般庶民に与えられた呼称である。しかし、藤村が「夜明け前」を書いた昭和初年には、一般的に〈革命〉は国体（天皇制）変革のプロレタリア革命を指し、また〈人民〉は政治的主体である自覚的な被支配階級を意味し、共に反体制的な用語として当局から〝要注意〟扱いを受けていた。この時期に藤村が敢えて〈革命〉と〈人民〉を多用したのは、明治維新をいわゆる明治の元勲の手によって成就した体制変革とは見ないで、庄屋や名主を含む全国の庶民の支持によって実現した〝民衆革命〟と位置づけているからである。

この「草叢からの変革」は、藤村が柳田国男の説く〈常民〉の生活原理から得た発想である。日本民俗学の創始者である柳田国男は、詩人時代の藤村の文学仲間であり、旧姓の松岡国男時代から公私にわたって生涯親交を結んだ知己である。柳田の話に触発されて作詩した藤村の「椰子の実」は余りにも有名である。

民俗学上の常民とは、日本の伝統的な民族文化の基層を支え、それを共有する人たちのことである。常民の生活の根底にある思念は、〈家〉における祖先崇拝と〈村〉における氏神信仰である。古くから保守的な習俗や義理人情で連帯してきた常民は、それ故に〈家〉の構成原理を〈国家〉形成の中核に据える国粋的な政権に利用され易い側面を持っていた。

常民の素朴な信仰体系を国家権力機構の天皇制に組み込んで神秘的な現人神《あらひとがみ》信仰を編み出したのは、吉田松陰門下の山県有朋と伊藤博文に代表される長州閥官僚である。明治十年から十一年にかけて、維新の三傑と称された木戸孝允・西郷隆盛・大久保利通が相次いで世を去ったあと、藩閥政府の中枢に進出した山県と伊藤は、日本常民の内面世界に宿る祖先崇拝と自然信仰を巧みに古代の国祖神に結びつけて〈万世一系・一君万民〉の神格天皇を案出し、天皇の伝統的価値を政治的価値に変換して現人神信仰を制度化することに成功する。更に、現人神を常民に広く認知させる方法として藩閥政府が採り入れたのは、天皇の地方巡幸である。天皇を政治的に神格化した藩閥官僚の企みなど知る由もない地方の人びとは、めったに拝めない〈生き神さま〉が自分たちを救済するために現れるのだと信じて有難がった。青山半蔵もまた、そのような常民の一人として性格づけられている。

明治十三年六月、民情視察の名目で東山道を巡幸することになった明治天皇が木曽路を通過するという情報は、木曽谷の人たちを喜ばせた。六月下旬の若葉の頃だという。

《この御巡幸は、帝としては地方を巡らせたもう最初の時でもなかったが、これまで信濃の国の山々も親しくは叡覧《えいらん》のなかったのに、初めて木曽川の流るるのを御覧になったら、西南戦争当時なぞの御心労は言うまでもなく、時の難さにさまざまのことを思《おぼ》し召されるであろうと、まずそれが半蔵の胸に来る。あの山城《やましろ》の皇居を海に近い武蔵《むさし》の東京に遷《うつ》し、新しい都を建てられた当初の御志に変わりなく、従来深い玉簾《ぎょくれん》の内にのみこもらせられた旧習をも打ち破られ、帝自らかく国々に御幸《みゆき》したまい、簡易軽便を本として万民を撫育《ぶいく》せられることは、彼にはありがたかった。封建君主のごときものと聞くヨーロッパの帝王が行なうところとは違って、この国の君道の床《ゆか》しさも彼には想い当たった。》

県庁からの通達で、天皇が昼食を摂る馬籠の御便殿《ごびんでん》（休息所）を旧本陣の青山家に指定された時は半蔵も仰天した。早速、半蔵は当主宗太を通じて、「御駐蹕《ごちゅうひつ》を願いたいのは山々であるが、こんな山家《やまが》にお迎えするのは恐れ多い」と言って辞退を申し入れたが、青山家には古い歴史があり、西に展《ひら》けた眺望も木曽には珍しく、座敷から見える遠近の山々も御馳走の一つだからと、そのまま御便殿に決定した。半蔵は、「日ごろ慕い奉る帝が木曽路の御巡幸と聞くさえ（恐懼《きょうく》で）あるに、彼ら親子のものの住居《すまい》にお迎えすることができようなぞとは、まったく夢のようだ」と感極まる。

巡幸に先立って誰でも詩歌の献上を差し許されたので、半蔵も早速「心からなる奉祝のまこと」を詠んだ一編の長歌に反歌を添えて詠進した。反歌三首の中に、自宅が御便殿になることを詠んだ、「山のまの家居る民の族《やから》まで御幸《みゆき》をろが（拝）むことのかしこさ」の一首を加えた。木曽路通行の日程表には、「六月二十六日鳥居峠お野立《のだ》て、藪原および宮《みや》の越《こし》お小休み、木曽福島御一泊。二十七日桟《かけはし》お野立て、寝覚《ねざめ》お小休み、三留野《みどの》御一泊。二十八日妻籠お小休み、峠お野立て、馬籠御昼食」とある。

到着当日、半蔵は朝早く「裏の井戸ばたで水垢離《ごり》を執り、からだを浄め終って、神前にその日のことを告げた」あと、家の周囲を見て回った。高さ一丈ばかりの木札に〈行在所《あんざいしょ》〉と記したのが門前に建ててあり、青竹の垣を巡らしてある。すでに御用掛りの人たちは青山家の中で準備にとりかかり、靴のままで歩けるように畳の上には敷物が敷きつめられている。奥の上段の間は御便殿に当てる所で、「純白な紙で四方を張り改め、床の間には相州三浦の山上家から贈られた光《こう》琳《りん》筆の記念の軸」が掛けられていた。半蔵は羽織袴の正装で継母や妻子と共に裏二階に移り、天皇に拝謁を許される案内を待っていた。青山家の者としては、一行が「とどこおりなく御昼食も済んだと聞くまでは、いつ何時《なんどき》どういう御用がないともかぎらなかったから、いずれも皆その裏二階に近い位置を離れられなかった」のである。

ところが、いつまで待っても拝謁の連絡は来なかった。実は、明治七年の献扇事件を話題にした馬籠の顔役たちは、今回も半蔵が衝動に駆られて「どんな粗忽な挙動を繰り返さないものでもあるまい」と懸念し、本来なら旧本陣の当主として木曽路の古い歴史を進講する大役を与えるべきなのだが、「この際、静かに家族と共にいて、陰ながら奉迎の意を表してほしい」と考え、半蔵には拝謁の手続きを執らなかったのである。

行列がすでに中津川に向かって出発したことを知らされた半蔵は、天皇に拝謁する千載一遇の好機を逸した無念さと、いつまでも村びとから危険人物扱いされている身の不甲斐なさを思い、裏の石垣の陰で独り悔し涙にむせぶ。恵那山の麓の方からは、「もはやお着きを知らせるようなめずらしいラッパ音」が谷に谺《こだま》して聞こえてくる。半蔵は、「路傍の杉の木立ちの多い街道を進んで来る御先導を想像し、山坂に響く近衛騎兵の馬蹄の音を想像し、美しい天皇旗を想像して、長途の旅の御無事を念じながら」、土蔵の前の石垣のそばに暫く立ち尽くしていた。

明治五年から数回にわたって実施された天皇巡幸は、行く先々で天皇が皇室ゆかりの神社を参拝したり、随身が維新の実現に協力した地方の有力者をねぎらうことなどで成功を収めた。常民もまた、布令により土下座せずに立ったままで〈生き神さま〉を拝めたことに感激した。しかし、それは同時に民衆革命としての明治維新の性格を大きく変質させ、天皇絶対化による新たな強権統治の始まりを告げる官僚主導のシナリオであった。

明治十四年（一八八一）に五十一歳を迎えた半蔵は、本居宣長や平田篤胤の国学に導かれて生きて来た自身の来し方行く末に思いを馳せてみる。見るもの聞くもの、一つとして西洋文明ならざるもののない日進月歩の時代に、今なお「国学にとどまる平田門人ごときは、あだかも旧習を脱せざるもののように見なされ」、世間からアナクロニズム（時代錯誤）のそしりを受けるようになっていた。

藩閥政府が積極的に欧米の技術や制度を採り入れて着々と近代国家の枠組みを構築する一方、その内部では依然として醜い政権争奪の暗闘が繰り広げられていた。この年の十月に起こったいわゆる〈明治十四年政変〉は、国家至上の君主国権論に道を開く契機となったばかりでなく、他藩出身の有能な政治家を排除して薩長藩閥政府を確立した重要なクーデターである。

イギリス流の議会政治の実現を図る自由民権派の大蔵卿・大隈重信と、プロシア（ドイツ）の欽定《きんてい》憲法をモデルにして天皇制国家の樹立を目指す国権派の内務卿・伊藤博文は、維新の三傑（木戸孝允、西郷隆盛、大久保利通）没後の明治十一年後半から、政府を二分する対立を続けてきた。伊藤は、右大臣・岩倉具視と共謀して大隈一派を政府から追放するクーデターを計画する。明治十四年十月十一日、天皇臨席の御前会議において、伊藤はイギリス流の政党内閣制採用を建議した大隈を、「君権を人民に放棄するものだ」と非難して罷免に追い込んだ。これによって政府内から矢野文雄（龍溪）、犬養毅、尾崎行雄、小野梓らの大隈人脈は一掃され、内務省の警察権力を駆使する伊藤一派の弾圧もあって、自由民権運動は急速に退潮してゆく。伊藤・岩倉の主導で天皇絶対化の欽定憲法制定作業が始まるのは、大隈罷免の直後からである。

半蔵は、政変や要人暗殺が相次ぐ不安な政情を〝過渡時代〟と捉え、「たとえこの過渡時代がどれほど長く続くとも、これまで大和言葉のために戦って来た国学諸先輩の骨折りがこのまま水泡に帰するとは」考えたくなかった。今にして、本居宣長の言葉の真意が半蔵には判るような気がしてきた。

《先師（平田篤胤）の書いたものによく引き合いに出る本居宣長の言葉にもいわく、「吾《われ》にしたがひて物学ばむともがらも、わが後に、又よき考への出《い》で来《きた》らむには、かならずわが説に泥《なづ》みそ（注、「な〜そ」は禁止、決してとらわれるな）。わがあしき故《ゆえ》を言ひて、よき考へを弘めよ。すべておのが人を教ふるは、道を明らかにせむとなれば、とにもかくにも道を明らかにせむぞ、吾を用ふるにはありける。道を思はで、いたづらに吾を尊《とうと》まんは、わが心にあらざるぞかし。」

ここにいくらでも国学を新しくすることのできる後進の路がある。物学びするほどのともがらは、そう師の説にのみ拘泥《こうでい》するなと教えてある。道を明らかにすることがすなわち師を用うることだとも教えてある。日に日に新しい道をさらに明らかにせねばならない。そして国学諸先輩の発見した新しい古《いにしえ》をさらに発見して行かねばならない。古を新しくすることは、半蔵らにとっては歴史を新しくすることであった。》

だが、国家から国幣社宮司の職を奪われ、継母に隠居を申し渡されて家族からも敬遠され、国学にも行きづまっていた半蔵に、更に追い討ちをかけるような事態が起こる。多額の負債を抱えた青山家の立て直しを図る家長の宗太が、母の実家の養子になっている弟の正己（半蔵の次男）と相談し、親戚の者を保証人に立てて、父の半蔵に別居の誓約書を突きつけたのである。

馬籠旧本陣の青山家の屋台骨が揺るぎかけて来たことは、美濃の落合《おちあい》の方まで知れ渡っていた。かつて半蔵の内弟子として青山家で教えを受けた落合の林勝重にとって、三年の月日を送った青山家の没落の運命は他事《ひとごと》とも思われなかった。すでに四十歳近い分別盛りで酒造業・稲葉屋の当主に収まっている勝重から見ると、「元来本陣といい問屋といい庄屋といった人たちは祖先以来の習慣によって諸街道交通の要路に当たり、村民の上に立って地方自治の主脳の位置にもあり、もっぱら公共の事業に従って来たために、一家の経済を処理する上には欠点の多かったことは争われない。旧藩士族の人たちのためにはとにもかくにも救済の方法が立てられ、禄券《ろくけん》（禄高に応じた公債）の恩典というものも定められたが、庄屋本陣問屋は何のうるところもない。明治維新の彼らを遇することは薄かった」ので、青山のような由緒ある旧本陣が「大きな屋敷の修繕にすら苦しむようになったのは当然のことだ」というのである。

すでに青山家の借財は元利含めて三千六百円にふくらみ、放置すれば破産は時間の問題であった。家の中からも、「馬籠旧本陣をこんな状態に導いたものは、年来国事その他公共の事業にのみ奔走して家を顧みない半蔵である」と非難の声が上がり、半蔵は返す言葉もなかった。屈辱をかみしめながら、半蔵は息子から突きつけられた誓約書に署名した。誓約書は次のような文面のものである。

誓　約　書

一、今回大借につき家政改革、永遠維持の方法を設くるについては、左の件々を確守すべき事。
一、家法改革につき隠宅に居住いたすべき事。
一、衣食住のほか、毎月金一円ずつ小使金として相渡さるべき事。
一、隠宅居住の上は、本家家務上につき万事決して助言等申すまじき事。その許《もと》の存念より出づる儀につき、かれこれ異議なきはもちろんの事。
一、隠宅居住の上は、他より金銭借り入れ本家に迷惑相かけ候ようの儀、決していたすまじき事。
一、家のために親戚の諌《いさ》めを用い我意を主張すべからざる事。
一、飲酒五勺に限る事。
右親族決議によって我ら隠宅へ居住の上は前記の件々を確守し、後日に至り異議あるまじく候也。

明治十七年三月三日　　　　本人　半蔵

宗太殿

次男の正己以下九名の保証人が連署した誓約書を前にして、「お民、これじゃ手も足も出ないじゃないか。酒は五勺以上飲むな、本家への助言もするな、入り用な金も決して他《よそ》から借りるなということになって来た。おれも、どうして年を取ろうか」と半蔵は妻に愚痴をこぼすが、今更どうにもならないことである。その半蔵の言動に〈狂気〉の兆候が現れはじめるのは、半蔵夫婦が馬籠裏通りの隠宅（借家）に移り住んだ直後からである。

《ある日の午後、彼は突然な狂気にとらえられた。まっしぐらに馬籠の裏道を東の村はずれの岩田というところまで走って行って、そこに水車小屋を営む遠縁のものの家へ寄った。硯を出させ、墨を磨《す》らせた。紙をひろげて自作の和歌一首を大きく書いて見た。そしてよろこんだ。その彼の姿は、自分ながら笑止と言うべきであった。そこからまた同じ裏道づたいに、共同の水槽のところに集まる水くみ女どもには、目もくれずに、急いで隠宅へ引き返して来た。》

しかし、この時点では、半蔵もまだ自分の異常な言動に気づいていた。話を聞いてあきれ返る妻に対して、「おれは不具ではない。不具でない以上、時にはこうした狂気も許さるべきだ。これがお前、生きているしるしなのさ」と応えている。

国家からも生家からも排除され、精神の拠り所を失いつつある中で、半蔵は必死に自問していた。明治維新とは一体何であったのか、と。「もともと明治維新と言われるものが、まるで手品か何かのようにうまくととのったところから、行政の官吏らがすこしも人世の艱苦をなめないのに、ただその手品のようなところのみをまねて、容易に一本の筆頭で数百年にもわたる人民の生活や習慣を破り去り、功名の一方にのみ注目する時弊は言葉にも尽くせない。天下の人心はまだまだ決して楽しんではいない」と嘆いたのは、病床にある晩年の木戸孝允であったとか。幕末に京都で修羅場をくぐり、馬籠の半蔵に一時かくまってもらったことのある平田派同志の暮田正香（モデルは熱田神宮大宮司・角田《つのだ》忠行）によれば、「復古が復古であるというのは、それの達成せられないところにある」のだという。半蔵はこれらの言葉をかみしめてみても、そこから何一つ納得する答えは得られなかった。

永年手がけてきた木曽谷の山林問題にしても、〈御一新〉後十四年も経《た》つというのに何一つ改善されていなかった。すでに、山林に頼れなくなった村びとの中には木曽谷に見切りをつけ、長く住み慣れた墳墓の地を捨てて都会へ出て行く者が増えていた。伝手《つて》がなく離村も叶わずに奥地で暮らす者は、山林にすがるよりほかに立つ瀬がないので勢い盗伐に走り、「中には全村こぞって厳重な山林規則に触れ、毎戸かわるがわる一人ずつの犠牲者を長野裁判所の方へ送り出すことにしているような不幸な村」もある。郡県の統治者として地方に赴任した役人は、旧尾張領の山地をすべて官有地にする功績にのみ心を砕き、山林から住民を締め出すことを重要な仕事だと心得ていた。この一事を見ても、五箇条の誓文で「帝がよりよい世の中を約束したはずの明治維新の趣意は徹底したものとは言いがたく」、半蔵の目に映る木曽谷の前途はまだまだ暗かった。

半蔵は隠宅への別居に先立つ明治十四年四月（実際は九月）、十三歳の三男森夫と十歳の四男和助（藤村）を東京へ遊学させる。木曽福島の植松家へ嫁いだ長女のお粂が当時東京に移住していたので、二人の息子をお粂夫婦に託したのである。半蔵は読み書きの好きな末子の和助を殊のほか可愛がり、「やよ和助読み書き数へいそしみて心静かに物学びせよ」の一首を詠んで、和助の将来に大きな期待を寄せていた。

それから三年後の明治十七年四月、半蔵は都心の学校で修学している和助の成長ぶりを見たくなって上京する。だが、突然の父の上京をどんなに喜ぶことかと思っていたのに、和助はあまり話したがらず、有難迷惑そうな素振りを見せて半蔵をまごつかせた。いつのまにか和助は、「自分の求めるような子ではなく、追っても追っても遠くなるばかりの子」になっていた。この時の上京で、「父はただ、子の中を通る赤の他人のような旅人に過ぎない」ことを思い知らされた半蔵は、帰宅早々、「もう、東京へ子供を見に行くことは懲りた」と妻に愚痴をこぼす。

物を学ばせるために幼い子供を上京させた時から、半蔵には一抹の不安があった。今の時代は、「何から何まで西洋の影響を受け、今日の形勢では西洋でなければ夜が明けないとまで言う人間が飛び出す世の中に立っては、彼とても何を自分の子供に学ばせ、自らもまた何を学ぼうかと考えずにいられなかった。どうして、国学に心を寄せるほどのものが枕を高くして眠られる時ではない」からである。早くから周囲の者に、「和助は学問の好きなやつで、あれはおれの子だで」と誇らしげに語っていただけに、半蔵は思いがけない和助の他人行儀に接してわが目を疑った。

藤村は和助の目を通して、この時上京した半蔵の異様な身形《みなり》に触れている。半蔵は、「中仙道の方を回らないで美濃路から東海道筋へと取り、名古屋まで出て行った時にあの城下町の床屋で髪を切った。多年（本居宣長にあやかって）古代紫の色の紐でうしろに結びさげていた総髪《そうがみ》の風俗を捨てたのもその時であった。彼は当時の旅人と同じように、黒い天鵞絨《びろうど》で造った頭陀袋《ずだぶくろ》なぞを頸にかけ、青毛布《あおげつと》を身にまとい、それを合羽《かっぱ》の代わりとしたようなおもしろい姿」をしていた。

当時、東海道線はまだ起工されていなかったので、半蔵は「時には徒歩、時には人力車や乗合馬車など」を利用して、和助が世話になっている銀座四丁目裏通りの「天金《てんきん》の横町」にたどり着いた。滞在中の父に同行して歩いた和助の目には、「ただただ父は尊敬すべきもの、畏《おそ》るべきもの、そして頑固なもの」と映り、子供ごころにも、この野暮ったい「父のような人を都会に置いて考えることは何か耐えがたい不調和でもあるかのようで、やはり父は木曽の山の中の方に置いて考えたいもの――あのふるさとの家の囲炉裏ばたに、祖母や、母や、あるいは下男の佐吉なぞを相手にして静かな日を送ってほしい」と思いながらも、和助はそのことを口に出さなかった。こうして「父子の間にほとほと言葉もない」日が続き、半蔵は和助の成長ぶりを楽しみにしてははるばる都の空まで尋ねてきたことを後悔した。

九、万福寺放火事件の顚末

ところで、半蔵が十年ぶりに訪れた東京は目を見張るほど繁華な都会に変貌していた。滞在中に半蔵の見聞したものは新旧の交替の激しい雑然紛然とした首都の姿であった。欧化主義に酔うあまり、「幾世紀もかけて積み上げ積み上げした自国にある物はすべて価値なき物とされ、かえってこの国にもすぐれた物のあることを外国人より教えられるような世の中」になっていた。

とりわけ半蔵をいらだたせたのは、欧米列強の外圧による不平等条約を改正できずにいる政府の追随外交である。諸外国は日本政府の弱腰を見透《す》かして、「容易に条約改正の希望に同意しない」どころか、外国人に関する訴訟を含めた法廷組織について、次のような修正案まで押しつけてきた。

第一、日本法廷の裁判官中に三十人ないし四十人の外国人判事を入れ、また十一人の外国人検事を入るる事。

第二、法律を改正し、法廷用語は日英両国の国語となす事。

第三、外国人に選挙権を与うる事。

その上、西洋文物の直輸入に明け暮れる政府は外国人を特別待遇し、「外国人に無礼不法の振る舞いがあっても、なるべくそれを問わない」という治外法権的な譲歩を示していた。半蔵は五箇条の誓文に思いを致し、「過ぐる十五、六年の間、この国ははたして何を生むことができたろう。遠い昔に漢土の文物を受け入れはじめたころには、人はこれほど無力ではなかった」と、政府の舶来信仰を慨嘆する。

更に半蔵を嘆かせたのは、維新政府が成立してから十七年も経つのに、依然として庶民を蔑視した官尊民卑の悪弊が改められていないことであった。先の〈明治十四年政変〉で大隈重信が失脚したあと、後任として大蔵卿に就任した薩摩藩閥の松方正義は、天皇制国家財政の確立と膨張する軍備費の財源確保の名目で、明治十五年から十八年にかけてデフレ政策を強行し、それは庶民階層の生活を直撃した。とりわけ、米価の急激な低落と不作によって農村は深刻な不況に見舞われ、高利貸しや大地主に負債の担保（土地）を吸い上げられて小作人に転落した零細農民集団は、「負債利子の減免・延納」を要求して各地に蜂起するようになる。

明治十六年の暮れに起こった石川県能美郡の農民約五千人による金貸会社襲撃事件をはじめとして、翌十七年には群馬事件、加波山事件、秩父事件など、全国各地で農民集団と警官隊が衝突し、その都度、多数の逮捕者を出した。中でも有名な秩父事件の場合は、警官隊のほかに軍隊まで出動して秩父困民党の鎮圧に当たり、新式の村田銃による軍隊の銃撃で多くの死傷者を出した。事件後、逮捕者のうち十二名が死刑、四千名以上が有罪となった。

一方、各地で農民蜂起が頻発している最中《さなか》に、中央では外国貴賓の接待と上流階層の社交を兼ねて、東京日比谷に洋風の鹿鳴館が出現する。この年、伊藤博文主導で特権階級の華族令（公・侯・伯・子・男の五爵）が定められたのを機に、鹿鳴館で「欧風を模した舞踏会を開き、男女交際法の東西大差ないのを装う」パーティーやバザーが連日のように催された。いわゆる鹿鳴館時代の到来である。

死活問題にあえぐ貧困農民たちの訴えを国家権力で封じ込める一方で、外国公使らの機嫌を取るために血税を浪費する政府にあきれ果てた半蔵は、「仮装も国家のため、舞踏も国家のため、その他あらゆる文明開化の模倣もまた国家のため」なのだと皮肉っている。外圧を怖れるあまり、「交易による世界一統が彼（欧米）の勇猛な目的を決定するものであるとすれば、我（日本）もまた勢いそれを迎えざるを得ない。かつては金銭を卑しみ、今は金銭を崇拝する、それは同じことであった。この気運に促されて、多くの気の鋭いものは駆け足してもヨーロッパに追いつかねばならなかった。あわれな世ではある」と、半蔵は欧米模倣の日本の前途を憂慮しながら、悄然と東京を去って行く。

天皇を神聖な絶対者に祀り上げて支配体制を固めることに成功した薩長藩閥政府は、寄生地主の土地収奪を黙認したのをはじめ、特権階級を優遇して民衆の生活を抑圧し、自由民権派や民衆の蜂起を〈国家〉の名において弾圧した。松方デフレ政策によって不況が進行し、三年連続の米価低落で借金の返済できない負債農民は全国にあふれたが、そんな不況の中でも、強制的に定額の地租を取り立てる国家と、士族の金禄公債を元手に興した金貸会社は、政府や法律に護られて安定した蓄財をしていた。困窮農民を切り捨ててでも銀行創設や天皇制国家財政の確立を急ぐ政府に危惧を抱く半蔵の姿は、そのまま天皇制国家の強権主義に対する藤村自身の強い異議申し立てでもあった。

明治十九年（一八八六）の春、五十六歳を迎えた半蔵は、東京で学ぶ四男の和助から長い手紙を受け取った。八年制の小学校を卒業した和助は、少年らしい将来の志望を述べた上で、「築地に住む教師について英学をはじめたいにより父の許しを得たい」というのである。永年、国学に親しんできた半蔵にとって、「東京の旅で驚いて来た過渡期の空気、維新以来ほとほと絶頂に達したかと思われるほど上下の人の心を酔わせるような西洋流行《ばやり》を考えると、心も柔らかく感じやすい年ごろの和助に洋学させることは」、やはり大きな冒険であった。和助もまた時代の激浪に押し流されて行くのであろうか、と考えると半蔵は幾晩も眠れなかった。

もはや、青山家の先代から父子二代にわたって収集した和漢の蔵書を受け継ぐ者もなく、土蔵の二階を占める〈青山文庫〉は子にすら顧みられることなく埋もれてしまうのか、と思うとたまらなく寂しかった。しかし、子は子の道を行くしかないと悟り、半蔵は和助の願いを聞き入れることにした。思い屈した半蔵は、隠宅から恵那山を望みながら、自らを慰めるように次のような漢詩を詠んだ。（原詩書き下し）

《国を思ひ、君を思ひ、家を思ひ、郷を思ひ、親を思ひ、朋友妻子親族を思ひて、百思千慮は胸中に鬱結して憂嘆にたへず。起《た》ちて西南の諸峯を望めば、山は蒼々、壑《たに》は悠々。皆各《おのおの》自得の趣有り。この観によりて以て慰むるを得《う》れば、かの百憂は、真に天公（天帝）の錫《たまもの》ならんか。》

末尾に、「思ひ草しげき夏野に置く露の千々《ちぢ》にこころをくだくころかな」の一首が添えられている。生計の不才覚を理由に生家を追い出され、世間からは「狂気じみた平田派門人の成れの果てよ」と嘲笑されて隠宅に閉じこもる半蔵は、やがて被害妄想にとりつかれて幻覚に悩まされるようになる。隠宅に自ら名づけた〈静《しず》の屋《や》〉の二階の小部屋に端座して、「ある時は静かに見れば物皆自得《じとく》すと言った古人の言葉を味わおうと思い、ある時は平田篤胤没後の門人がこんなことでいいのかと考え、まだ革新が足りないのだ、破壊も足りないのだ」と半蔵は自分に言い聞かせてみる。

しかし、すでに半蔵の内部にはいろいろな現象が起こりはじめていた。「妙に気の沈む時は、部屋にある襖の唐草《からくさ》模様なぞの情《こころ》のないものまでが生き動く物の形に見えて来た。男女両性のあろうはずもない器物までが、どうかすると陰と陽との姿になって彼の目に映る」こともあった。そのうちに、庭の隈に隠れておれを狙っている者がいるとか、夜中に誰かおれを呼ぶ声がするとか、うしろから敵が襲ってくるような気がするなどと、幻視・幻聴におびえて妻のお民を困らせるようになる。

八方塞がりの孤独の中で、狂気が次第に正気の領域を侵すようになる精神病理を、藤村はすでに自伝的小説「春」に登場する北村透谷をモデルにした〈青木駿一〉で描いている。「夜明け前」の青山半蔵は、藤村の父・島崎正樹をモデルにしているが、その人物造形に「春」の青木駿一こと北村透谷が下敷きにされていることは、研究者によって早くから指摘されていた。島崎正樹に〈青山〉姓を名告らせたのは、先に北村透谷を〈青木〉姓にしたことと無関係ではあるまい。

国権によって弾圧される自由民権運動で挫折した青木駿一（北村透谷）は、「政治上の運動を織々たる筆の力をもって支配せん」としてローマン主義文学運動を興し、自ら同人雑誌『文学界』の中心的役割を果たす。だが、強度の神経衰弱に陥って文学運動からの離脱を余儀なくされる。青木は世上に氾濫する欧化現象を眺めながら、「今の時代は物質的の革命で、その精神を奪われつつある外部の刺激に動かされた文明である。これは革命ではなく移動である」と語る。この青木の文明批評は、そのまま半蔵の文明観とも重なっている。

文学仲間から孤立し、時代からも取り残された青木は、次第に焦燥感に取りつかれて異常な言動を見せるようになる。自らを牢獄の囚人になぞらえる青木は、自由民権運動を弾圧する国家に絶望し、ローマン主義文学運動を阻む既成文壇に失望し、支えてほしかった家族にも背かれ、「お前たちは、寄ってたかっておれを狂人にしようとしている」と言って妻に当たり散らす。「夜明け前」にも、家族や親戚に取り囲まれた半蔵が、「お前たちは、おれを狂人と思っているのか」と言って落涙する場面がある。

藤村夫人の島崎静子の回想記によれば、藤村は「夜明け前」の執筆中に何度か強い鬱症状の発作に襲われながら、父・正樹の陥った「暗黒の深い淵のような所にひきこまれる苦痛」に耐えたという。正樹の陥った〈暗黒〉を生きる半蔵の姿は、藤村と同時代を生きた北村透谷が「暗黒！暗黒！」と叫んで時代閉塞の現状を嘆き、天賦人権思想を掲げる自由民権派を排除して天皇主権国家の成立を急ぐ薩長藩閥政府を糾弾した姿とも重なっている。

藤村にとって父・島崎正樹は、頑迷固陋《ころう》と言われながらも己れの信念を貫き通した稀有《けう》の存在であったように、北村透谷もまた、非情な国家権力と俗悪な物質文明を批判して自らの思想に殉じた「生涯忘れ得ぬ」畏友であった。藤村は、国家権力と時代の重圧の犠牲になって果てたこの二人の先達に導かれながら、明治から昭和にかけての困難な時代を文学一筋に生き抜くことができたのである。

この年の九月、秋彼岸の近づいたある日、隠宅の半蔵は青山家の小作人の訪問を受けた。傾きかけた青山家から年賦で土地を買ったが、ようやく完納したので挨拶に来たのだという。その時、他の小作人も同様に土地を買わされたことを知り、半蔵は自ら招いた青山家の没落を実感した。その日の夕刻、屋外に出た半蔵が見上げた夜空には、王政復古を夢見ながら志半ばにして非業の死を遂げた勤王の志士たちの諸星が明滅していた。半蔵は、「おのれら一族の運命をもそこへ持って行って見た。空の奥の空、天の奥の天、そこにはあらわれたり隠れたりする星の姿があだかも人間歴史の運行を語るかのように高くかかっている。あそこに梅田雲浜、橋本左内、頼鴨崖《おうがい》、藤田東湖があり、こちらに岩瀬肥後、吉田松陰、高橋作左衛門、土生玄磧《はぶげんせき》、渡辺崋山、高野長英がある」と、十指に余る志士の名を呟く。

《攘夷と言い開港と言って時代の悩みを悩んで行ったそれらの諸天にかかる星も、いずれもこの国に高い運命の潜むことを信じないものはなく、一方には西洋を受けいれながら一方には西洋と戦わなかったものもない。この国の維新の途上に倒れて行った幾多の惜しい犠牲者のことに想いくらべたら、彼半蔵なぞの前に横たわる困難は物の数でもなかった。》

今にして半蔵は、「五十余年の生涯をかけても、何一つ本当につかむこともできないその己れの愚かさ拙《つた》なさを思い」、寂しくその場に立ちつくした。おそらくこの夜、半蔵は自己の存在理由を見失い、没落する青山家と運命を共にする決意を固めたものと思われる。

平田派の国学を虚仮《こけ》にした明治国家は、もはや半蔵が立ち向かおうとしてもどうにもならないほど圧倒的な存在であった。幻覚に悩まされて被害妄想に陥っていた半蔵は、時折「おれには敵がある。さあ、攻めるなら攻めて来い」とわめき散らす。半蔵にとっては、「暗い中世の墓場から飛び出して大衆の中に隠れている幽霊（僧侶・儒学者）こそ彼の敵だ。明治維新の大きな破壊の中からあらわれて来た仮装者（官僚・欧化主義者）の多くは、彼にとっては百鬼夜行の行列を見るごときもので、皆、化け物」である。しかし、今さら大都会の鬼退治に出かけることもできない半蔵は、戦わなければならない当面の〈敵〉として、青山家ゆかりの万福寺を選んだ。

万福寺は青山家の遠い先祖が馬籠村民の和合のために建立した寺であるが、仏式葬を否定して神葬祭を提唱する半蔵は、すでに万福寺の松雲和尚に改宗を申し入れて、先祖の位牌を寺から自宅へ持ち去っていた。半蔵の目に映る現今の仏教は、「古代仏教徒の純粋で厳粛な男性的鍛錬」からはほど遠く、「僧侶でさえあれば善男善女に随喜渇仰《かつごう》されて、一生食うに困らず、葬礼、法事、会式《えしき》にのみ専念」して利を貪り、また「堂塔内に通夜する輩《やから》は風俗壊乱の媒介」ともなっている。こんな腐敗した寺や僧侶は「百害あって一利なし」と半蔵は考えたのである。

一夜明けた秋晴れの昼下がり、半蔵は馬籠郊外の寺道を万福寺へ向かった。この時半蔵は、「以前の敬義学校へ児童《こども》を教えに通った時と同じような袴を着け、村夫子《そんふうし》らしい草履ばきで、それに青い蕗《ふき》の葉を頭にかぶって」いた。蕗の葉は途中で村童からもらったものである。別に「さびしさに浮かれる風狂の士」を真似たわけではなく、蕗の葉をかぶって「そんなトボけた格好でもしなければ、寺なぞへ行かれるものではないという調子」が見て取れた。

たまたま寺の方から帰って来た近所の庄助と勝之助は、半蔵の格好を見て吹き出し、万福寺へ何の用事で行くのかと尋ねた。すると半蔵は、「ええ、うるさく物を聞きたがる人たちだ。そんなら言って聞かせるが、おれはこれから行って寺を焼き捨てる。あんな寺なぞは無用の物だ」と言い放つ。二人の村びとは冗談だと思って聞き流したが、気になるので半蔵の跡をつけてみた。

山門をくぐって寺の境内に入った庄助と勝之助は、本堂の正面にある障子の前でマッチをすっている半蔵を見て仰天した。二人は思わず「気狂《きちが》い！」と心に叫んで駈けつけた。その時、「半蔵の放った火が障子に燃え上がったので、驚きあわてた勝之助はそれを消し止めようとして急いで羽織を脱いだ。人を呼ぶ声、手桶の水を運ぶ音、走り回る寺男や徒弟僧などのにわかな騒ぎの中で、半蔵はいちはやくかけ寄る庄助の手に後方《うしろ》から抱き止められ」ていた。

幸い、大事に至らずに済んだが、この時二人の村びとがそこに居合わせなかったら、古い木造茅葺《かやぶき》の万福寺は、おそらく半蔵をも巻き込んで全焼していたに違いない。半蔵自身は、放火した時点で寺と一緒に焼け死ぬことを覚悟していたはずである。この日、隣村の檀家の供養に出かけていた松雲和尚は、出先でこの報に接し、遂に来るべきものが来たかと思って暗然とした。馬籠の唯一の菩提寺に放火したことで、村びとは一様に半蔵の狂気を恐れ、青山一族を非難した。しかし、松雲には半蔵の真意が判るような気がした。

半蔵は弘化三年（一八四六）から学制発布の明治五年まで、松雲と共に万福寺の本堂を教場にして近隣の子弟に学問を教えてきた。復古神道を奉ずる半蔵は、その時から廃仏を考え、先祖の建てた万福寺を将来改装して学校にしようと独り決めしていた。明治六年に公立の敬義学校の仮教場が万福寺内に設けられるが、その後、独立した校舎が新築されると、半蔵の目に万福寺はもはや〈無用の物〉と映っていた。松雲はまさか半蔵が寺に放火するとは思っていなかったが、「この寺の本堂を児童教育の仮教場にあてた際、早くも半蔵の意のあるところを感知していた」のである。

藤村は、絶望の果てに狂気に陥った半蔵を、最後にもう一度平田派の国学者として蘇らせ、彼に身命を賭した一世一代の廃仏毀釈を実践させたのである。藤村によると、「人も知るごとく、この国のものが維新早々まッ先に聞きつけたのは武家の領土返上という声であったが、そればかりでなく、僧侶の勢力もまた覆《くつが》えさなければならないと言われた。この二つの声はほとんど同時に起こった。……廃藩といい、廃仏ということも、その真相は土地と人民との問題であった。維新の成就をめがけ、新国家建設の大業に向かおうとした人たちが互いに呼吸を合わせながら出発した当時の人の心は、すくなくも純粋であった。半蔵や景蔵や香蔵のような草叢《くさむら》の中にあるものでも平田一門の有志と合力し、いささかこの盛時に遭遇したものであるが、しかし維新の純粋性はそう長く続かなかった。きびしい意味から言えば、それが三年とは続かなかった。武家と僧侶との二つの大きな勢力が覆えされて行くころは、やがて出発当時の新鮮な気象もまた失われて行く時」であり、国学を政権争奪に利用してきた藩閥政府から、平田派一門が使い棄てにされた時であった。

万福寺への放火は、裏切られた国家に抗する術《すべ》のない半蔵に残された、唯一最後の抗議と反逆の形式であった。しかし、「あれほど祖先を大切にする半蔵が、その祖先の形見とも言うべき万福寺本堂に火を放とうとしたというは、その実、何を焼こうとしたのか、平田同門の旧《ふる》い友人にすらこの謎ばかりは解けなかった」という。

半蔵が万福寺に放火した事件で馬籠は騒然となり、「これでは村のもの一同も安心して眠られない」と言って、半蔵を即刻「安全な場所に移し、厳重な見張りをつけよ」と息まく者もいた。青山家に急遽呼ばれてやって来た山口村の医師杏庵《きょうあん》の見立てによれば、好酒家の半蔵の飲み過ぎの癖をよく承知した上で、「不眠の症状や顔のようすなぞから推して、すくなくも精神に異状あるものと認め、病人の手当てを怠らないように」とのことであった。しかし、肝心の本人は一向に病気だとは思っていないので、「まるで狐にでもつままれるような顔をしながら医師の診察を受け」て周囲の者を不安がらせた。

非難が集中した青山の本宅では、裏の物置小屋を改造して急ごしらえの座敷牢を造ることにした。半蔵は背も高く腕力も強かったので、特別堅牢な荒格子を造りつけ、その手前に看護する者が寝泊まりする小部屋を設けて、当分の間、妻のお民が看護に当たることになった。すべては、当主・宗太の後見人として青山家を取り仕切っている半蔵の従兄・栄吉の決断である。

座敷牢は完成した。栄吉は親戚一同を集め、半蔵を座敷牢へ移す説得役として、放火の日に万福寺から半蔵を連れ戻した旧組頭の庄助を選んだ。半蔵のお気に入りで正直一徹の庄助は、半蔵の健康状態について村の者一同が心配していることを告げた上で、病室で養生したらどうですかと持ちかけたが、邪魔者扱いされていると思った半蔵は、「ふうん、庄助さ、お前までこのおれを病人扱いにするのかい。そんな話をきくとおれは可笑《おか》しくなる。いや、おれはそんな病気じゃないぞ」と断わってしまう。結局、現在の青山家の当主である宗太の説得なら半蔵も従うだろうということになり、評議一決した。

軟禁していた表座敷から裏の座敷牢へ半蔵を移す日がやって来た。家長の宗太は半蔵の前にひざまずき、「お父さん、子が親を縛るということは無いはずですが、御病気ですから堪忍してください」と言って頭を下げると、半蔵は「お前たちは、おれを狂人《きちがい》と思っているのか」と言ってハラハラと涙を落とし、何の抵抗もせずに手を後ろへ回して宗太の縄を受けた。妻のお民は腰を抜かさないばかりに驚き悲しんだが、七十八歳の高齢に達していた継母おまんは、半蔵の乱心については一切触れず、終始沈黙して成り行きを見守っていた。

藤村が、畏友・北村透谷を下敷きにして青山半蔵の人物造形をしたことは先に触れたが、晩年の半蔵の精神状態もまた、躁鬱病に苦しんだ透谷の投影である。精神の極端な高揚と低迷の繰返しによって生ずるその異様な言動は、世間の人の目に〈狂気〉と映った。透谷は縊死する数か月前に随想「一夕観《いっせきかん》」(明治二六年一一月)を発表している。高揚時に書かれたこの一文は、そのまま万福寺への放火前夜、星空に歴史の流れを見た半蔵の感慨とも重なっている。

《茫々乎《ぼうぼうこ》たる空際は歴史の醇《じゅん》の醇なるもの、ホーマーありし時、プレトーありし時、彼《か》の北斗は今と同じき光芒を放てり。同じく彼を燭《てら》せり、同じく彼を発《ひら》けり。然り、人間の歴史は多くの夢想家を載せたりと雖《いえど》も、天涯の歴史は太初より今日に至るまで、大いなる現実として残れり。（中略）漠々たる大空は思想の広き歴史の紙に似たり。彼処《あそこ》にホーマーあり、シェークスピーアあり、彗星の天系を乱して行くはバイロン、ボルテーアの徒、流星の飛び且つ消ゆるは泛々《はんぱん》たる文壇の小星。吁《ああ》、悠々たる天地、限りなく窮りなき天地、大いなる歴史の一枚、是に対して暫らく茫然たり。》

天空にきらめく天才星たちに比して、自身を流星になぞらえて卑小化する透谷は、これを発表した翌月に短刀で自害を図り、未遂に終わる。藤村は小説「春」の中で、透谷をモデルにした青木駿一が自殺未遂の直後、妻に心中を持ちかけて断わられる話を書いているが、「夜明け前」にも、座敷牢内の半蔵がお民を格子の前に呼び、いきなり「手をつかまえて力任せに内へ引きずり込もうとする」場面がある。どちらも、妻に運命を共にしてほしいと願う姿である。

十、平田門下・青山半蔵の最期

馬籠の村びとだけでなく青山の家族まで半蔵を〈狂人〉として扱う中で、藤村は半蔵の〈狂気〉に疑問を抱く三人の人物を設定している。一人は、木曽福島の植松家に嫁いでいる長女お粂である。すでに東京を引き揚げて木曽福島へ帰っていたお粂は、父の悲報に接し、「ああ、お父さんもとうとう狂っておしまいなすったか」と呟いて生家へ駈けつけた。座敷牢の半蔵の前に立ったお粂は、「五十余年の涙の多い生涯を送った父が最後に行きついたところは、そんな座敷牢であるかと思うと、何かこう自分の内にもある親譲りのさわりたくないものに否《いや》でも応でもさわるような気がして、その心から言いあらわしがたい恐怖」に襲われた。お粂は半蔵を病人扱いしないように努め、「何か物を書いて見たい」と言う半蔵の要求を容れて、筆硯と大型の越前和紙を差し入れて半蔵を喜ばせる。お粂の磨《す》った墨で半蔵は今の心境を漢詩に託して書いた。（現物は馬籠の藤村記念館で保存）

以不勝憂国之情濺慷慨之涙之士、為発狂之人。豈其不悲乎。無識人之眼亦已甚矣。　観斎

（憂国の情に勝《た》えずして慷慨《こうがい》の涙を濺《そそ》ぐの士を以て、発狂の人と為《な》す。豈《あに》それ悲しからざらんや。無識＝無学の人の眼《まなこ》もまた甚だしいかな。）

署名の〈観斎〉は、隠宅の「静の屋」を観山楼と名づけた半蔵の晩年の雅号である。じっと見ていたお粂の目には、父の筆の運びに少しの狂いも見いだされないばかりか、「墨痕淋漓《ぼっこんりんり》としたその真剣さはかえって彼女の胸に迫り」、父の狂気に疑念を抱いた。格子の向こう側で「あちこち往ったり来たりする」父の姿を見て、お粂は運動不足なのではないかと心配する。すると半蔵は、娘の気持を察したかのように紙一杯に大きく〈態〉の一文字を書いてお粂に示した。

《現在の境涯をたとえて見せたその滑稽に、半蔵は自分ながらもおかしく言い当てたというふうで、やがておのれを笑おうとするのか、それとも世をあざけろうとするのか、ほとんどその区別もつけられないような声で笑い出した。笑った。笑った。彼は娘の見ている前で、さんざん腹をかかえて笑った。驚くべきことには、その笑いがいつのまにか深い悲しみに変わって行った。

きりぎりす啼《な》くや霜夜のさむしろにころも片敷き独りかも寝む

この古歌（新古今集）を口ずさむ時の彼が青ざめた頰からは留め度のない涙が流れて来た。彼は暗い座敷牢の格子に取りすがりながら、さめざめと泣いた。》

囚われの身の不当な拘束を抗議する父と、その父の回復を願って裏の稲荷堂でお百度を踏む母を残して、お粂はこのまま生家を立ち去るに忍びなかった。

二人目は、かつて青山家に住み込んで半蔵の教えを受けた美濃落合村の林勝重である。愛弟子の勝重は隠宅の「静の屋」をも時折訪れ、「半蔵の顔を見るたびに、旧師も年を取れば取るほどよいところへ出て行ったように想い見ていた」だけに、「どうしてあの半蔵が馬籠にも由緒のある万福寺のようなところを焼き捨てる心になったのか」、勝重には考えられないことであった。

この日、造り酒屋を営む勝重は、酒を禁じられているであろう半蔵のために、酒を詰めた一本の瓢簞《ふくべ》を持参した。「お師匠さま、わたしでございます。勝重でございます」と告げると、思いがけない愛弟子の訪れに半蔵もわれに返ったというふうで、「勝重さん、わたしもこんなところへ来てしまった。わたしは、おてんとうさまを見ずに死ぬ」と言って、勝重の顔をつくづくと眺めた。明日《あす》の新生を信じた国学の師匠が、「夜明けの太陽を見ずに死ぬ」ことの無念さを吐露したものと受け取り、勝重はたまらなかった。その一方で、隠宅で見た時に比べると「髭《ひげ》が延び、髪は鶉《うずら》のようになって、めっきり顔色も青ざめていることは驚かれるばかりであるが、でも、師匠は全く本性を失ってはいない」ことを確認して、勝重は安堵する。

弱気になっている半蔵を励ました勝重は、「時に、お師匠さま、ちょうど昔で言えば菊の酒を祝う季節もまいっておりますから、実は瓢簞《ふくべ》にお好きな落合の酒を入れてまいりました」と言って、瓢箪の栓を抜いて小さな木盃に酒をついだ。禁酒中の半蔵は、「じっと耳を澄ましながら細い口から流れ出る酒の音を聞いていた。そして、コッ、コッ、コッ、コッというその音を聞いただけでも口中に唾を感ずるかのように」喜んだ。格子越しに盃を受け取った半蔵は、この時「ほんの一、二献《こん》しか盃を重ねなかったが、さもうまそうにそのわずかな冷酒《ひやざけ》を飲みほし」、いかにも甘露、甘露というふうであった。

しかし、勝重が看護する者の控える別室へちょっと離れると、半蔵は大声で、「勝重さんはどうした。勝重さんはいないか。こんなところにおれを置き去りにして、落合の方へ帰って行った……師匠の気も知らないで、体裁のよいことばかり言って、あの男も化け物かもしれんぞ」とわめき立てる。別室でそれを聞きつけた勝重は、こっそり裏の竹藪の方へ出て、人を恋しがる半蔵の孤独な心情を思いやり、一人で激しく泣いた。

三人目は、放火された万福寺住職の松雲和尚である。松雲が六年間の行脚《あんぎゃ》の修行を終えて京都の本山から万福寺へ赴任したのは、安政元年（一八五四）旧暦二月末のことである。この日、半蔵は馬籠の三役を務める父の名代として、村の五人組仲間と一緒に十曲峠の新茶屋まで新任の松雲を出迎えに行った。前年の暮れに結婚したばかりの半蔵は二十四歳、松雲も「まだ三十そこそこの年配」の若い僧侶であった。すでに平田派の国学者・宮川寛斎に師事していた半蔵には、「新住職の尊信する宗教のことを想像し、人知れずある予感」があった。平田派の国学は暗い中世を否定し、「中世以来、学問道徳の権威としてこの国に臨んで来た漢学《から》び風の因習からも、仏の道で教えるような物の見方からも離れよ」と説く。半蔵は自分が今迎える新住職の信仰に、「行く行くは反対を見いだすかもしれない」と考えたのである。

あれから三十余年。馬籠の人たちにとって松雲和尚は、「こんな山村に過ぎたほどの人で、その性質の善良なことや、人を待つのに厚いことなぞは、半蔵自身ですら日ごろ感謝している」ほどの人柄である。松雲は廃仏を唱える半蔵の言い分にも早くから理解を示し、「もともと、心ある仏徒が今日目《こんにち》をさますようになったというのも、平田諸門人の復古運動の刺激によることであって、もしあの強い衝動を受けることがなかったなら、おそらく多くの仏徒は徳川時代の末と同じような頽廃と堕落とのどん底に沈んでいたであろう」と述懐する。

松雲は半蔵を刺激することを懸念して直接見舞うことは避けたが、寺を訪れた林勝重たちに向かって、「半蔵があんな放火を企てたのは全くの狂気《きちがい》ざたと考えるか」と訊ね、「半蔵は例の持ち前の凝り性と激情とに駆られて、教部省のやり口に安んじられず、信教の自由をも不徹底なりとして、ついにこんな結果を招いた」もので、とても狂気の沙汰とは思えないと語る。

松雲和尚は、尾張藩主の行列の際も、明治天皇の行幸の際も、使用人や徒弟僧には自由に送迎させながら自身は寺から一歩も動かず、「どんなさかんな行列が木曽街道に続こうと、どんな血眼《ちまなこ》になった人たちが馬籠峠の上を往復しようと、日々の雲が変わるか、あるいは陰陽の移りかわるかぐらいにながめ暮らして、ただただ古い方丈の壁にかかる達磨《だるま》の画像を友として来たような人」である。藤村は松雲に〈見者の眼〉を与え、激動する社会の諸相を山の上から冷静に、しかも客観的に見据える「時代の生き証人」に仕立てている。この観る松雲と観られる半蔵との関係は、やがて次作「東方の門」に受け継がれることになる。

一方、座敷牢の半蔵は、気ごころの知れない親戚の者や様子見の村びとが来ると急にいきり立ち、「さあ、攻めるなら攻めて来い。矢でも鉄砲でも持って来い」とわめいて追い返してしまう。また、「この世の戦いに力は尽き矢は折れても、なおも屈せずに最後の抵抗を試みようとするかのように、自分で自分の屎《くそ》をつかんで」、それを格子の内から村びとに投げつける。皆で止めさせようとすると、「おれは楠木正成の故知を学んでいるんだ。屎合戦だ」と叫び、これまでの「幽閉の苦しみを忍びに忍んで来た彼は、手をすり足をすりして泣いても泣き足りない」というふうに、屎を投げつけて鬱憤を晴らそうとする。

藤村は、「古代復帰の夢想を抱いて明治維新の成就を期した国学者仲間の為したこと、考えたことが、結局大きな失敗に終わったのだから、半蔵のような純情の人は狂いもするはずだ」と同情を寄せ、器用に生きられなかった半蔵がついには座敷牢に幽閉され、正気と狂気の間を彷徨しながら、「自分にとって国家とは何か」と問い続ける痛ましい姿を描いている。

明治十九年九月下旬に物置小屋の座敷牢に幽閉された青山半蔵は、それから二か月後の十一月二十九日早暁、波瀾に富んだ五十六年の生涯を閉じた。死因は脚気《かっけ》衝心と診断された。五人の子の中で父の臨終に立ち合ったのは長男の宗太だけであった。半蔵の遺体は、「馬籠の庄屋と本陣・問屋とを兼ねた最後の人」として、青山家奥座敷の「神葬の古式による清げな白木の壇」の前に安置された。「もはやこの世の一切の悲しみや苦しみも越えているように厳粛《おごそか》な死顔」であった。

埋葬は青山家の墓地ではなく、万福寺から譲り受けた畑の一隅に〈青山半蔵之奥津城《おくつき》〉を設け、神葬による新しい塚を造成した。松雲は、葬儀の式場に万福寺の境内を借りる交渉に来た半蔵の愛弟子・林勝重の前で、「もし半蔵が（時代の）勢いに逆らおうとしなかったら、あんなに衆のために圧倒されるようなことはなかったであろう」と語り、遠くから静かに見守っていたことが、結局「半蔵を見殺しにしてしまった」と嘆息する。半蔵の死を惜しむ勝重は、「晩年にはとかくの評判のあった青山半蔵ではあるが、しかし亡くなった後になって見ると、やっぱりお師匠さまは（掛け替えのない）お師匠さまであった。星移り、街道は変って、今後お師匠さまのような人はこの山には生まれて来《こ》まい。……せめてもう十年、お師匠さまを生かして置きたかった」と残念がる。半蔵の死と前後して、明治国家は半蔵の期待を裏切って〈玉〉を戴く官僚主義政治へと大きく梶を切りはじめていた。

半蔵の死の前年に従来の太政官制が廃されて内閣制度が発足し、藩閥官僚制度を構築して天皇を擁護しながら政界の中枢に躍り出た伊藤博文が初代内閣総理大臣に就任する。長州の足軽の傭人（百姓）の子に生まれた伊藤は、足軽の養子になって幕末の動乱期に尊王攘夷運動に加わる。同郷の木戸孝允の知遇を得て藩閥政府内を巧みに泳ぎ回り、いち早く若い天皇を担ぎ上げて政敵を追放しながら、ついに政界の頂点を極めたのである。世間からは〝今太閤《いま》〟とはやし立てられ、伊藤主導で明治十七年に制定された華族令公布の際には特別功労者として自ら伯爵に収まり、やがて侯爵・公爵となって〈貴族の階段〉を登りつめて行く。

公然と〈恋闕《れんけつ》〉の忠誠心をひけらかして明治帝の信頼を独占することに成功した伊藤は、いつのまにか自分は特別な人間だと錯覚するようになる。かつて〈常民〉の一人であった伊藤は、成り上がりの過程で常民の伝統的な祖先崇拝と氏神信仰を巧みに利用して現人神《あらひとがみ》信仰体系を編み出し、「神聖不可侵の天皇制国家」の制作にも成功する。すべては、極貧の農民の生活から脱出して「一歩にても士に近づかん」と願い続けた伊藤の、涙ぐましい立身出世の〈夢〉の実現だったのである。

その常民出身の伊藤が、権力機構の中枢に居座ると、天皇制を〝家族国家観〟でくるみ込んで常民の眼を欺き、天皇の名において官尊民卑の政策を推し進めて、常民の伝統的な生活体系の衰頽を憂慮する柳田国男らの批判を浴びるようになる。この常民切り捨て政策に対しては、「夜明け前」の青山半蔵も激しく抗議してきたが、国家権力を笠に着て弱者を威圧する上意下達の地方官僚には太刀打ちできずに敗北を喫する。藤村は友人の柳田国男と同じ目線に立って、伊藤ら藩閥官僚の創作した虚構の〈明治国家〉の実体を見据えているのである。

初代内閣の首班として強大な権限を与えられた伊藤は、外務・内務・大蔵・陸軍・海軍などの主要閣僚にはすべて薩長の藩閥官僚を起用した。とりわけ、警察権力を掌握して民衆行政を統轄する内務大臣には、先輩格の山県有朋が任用される。この長州閥の二人の国権論者が中心になって、天皇神格化の強力な中央集権国家を造り上げてゆくのである。すでに〈明治十四年政変〉で自由民権派の大隈重信一派を排除した直後から始められていた欽定憲法の草案作りは着々と進み、伊藤首相は明治二十年九月に全国の地方長官を召集して、天皇親裁の欽定憲法制定に異議を唱える者は断固弾圧せよと訓示した。

当然のことながら、伊藤内閣の強権専制主義に対して自由民権派の有識者から政府批判の声があがり、中江兆民や尾崎行雄らの主導でいわゆる〈三大事件建白〉の反政府運動が展開される。この運動の火付け役は天皇に政府の〝失政十カ条〟を提出した自由民権派の板垣退助であるが、建白書の文案起草者は板垣と共に自由民権運動を指導した植木枝盛《えもり》である。建白書は、①憲法論議を含む言論の自由、②地租軽減、③屈辱外交の回復、の三項目で、直接元老院（議会の前身）に提出された。

欽定憲法成立への危機感をつのらせた伊藤首相と山県内相は、東京市内で反政府の一大示威運動が行われる前夜（明治二十年十二月二十五日）に突如として〝保安条例〟を公布・即日施行し、第四条の「内乱を陰謀・教唆し、または治安を妨害する惧れある者」を適用して、反政府運動の弾圧に乗り出した。その結果、二十六日から二十八日までの三日間に中江兆民・中島信行・星亨《ほしとおる》・尾崎行雄ら自由民権派五百七十名は治安妨害罪で皇居外三里の地へ三年間の追放となり、それを拒否した主催責任者の片岡健吉らは逮捕投獄された。

このような国家権力で抜き打ちに民意を抑え込む問答無用の弾圧のやり方は、木曽谷住民を救済するために山林の停止木解禁の請願書を県庁へ提出する日を狙って、いきなり半蔵に戸長職罷免を申し渡した福島支庁の小役人の姑息な手口の全国版である。この時、主催側の呼びかけに応じて全国から代表を送って来た自由民権派の参加者は、二千名を超えたという。

更に伊藤博文は、欽定憲法と皇室典範を天皇の発意によると見せかけるため、明治二十一年に天皇の最高諮問機関として枢密院《すうみついん》設置を勅令で公布し、自ら首相を辞して枢密院議長に就任する。当初、枢密院の役割は欽定憲法と皇室典範の起草文案審議のための時限的なものであったはずなのに、双方発布後も三権の上に君臨する超法規的機構として勅令公布などを手掛け、現行の新憲法施行で廃止されるまで、永らく官僚政治の巣窟《そうくつ》となってきた。

半蔵が生涯を賭して取り組んだ木曽谷の山林問題も、半蔵の死後、皇室典範制定と同時に木曽の官有林はすべて帝室御料林に移管され、皇室の財産に組み替えられた時点で、停止木解禁の請願は絶望的となった。半蔵が明治七年に旧尾張藩士・田中不二麿（文部官僚）を頼って上京した時、「うっかりすると御一新の改革も逆に流れそうで、心あるものの多くが期待したこの世の建て直しも、四民平等の新機運も、実際どうなろうか」と懸念したことが、いま現実となって民衆の生活を圧迫し、労働争議が各地に頻発していた。

日本の国体論形成の基になった〈一君万民〉の思想は、元来「一人の天子のもとに万民は平等である」との認識によるもので、そこから半蔵らの求める「一君は万民を慈しむ」という道徳的な民衆救済原理が導き出されてくる。ところが、伊藤と山県はこの思想を政治的に解釈して、「一君は万民を統治する」という天皇主権の民衆支配原理を編み出す。これが伊藤主導の欽定憲法・皇室典範（明治二二年）と山県主導の教育勅語（同二三年）となって、明治・大正・昭和の三代にわたって強力な統治機能を果たすことになるのである。

藤村は「夜明け前」を擱筆《かくひつ》するに当たり、木曽谷住民を救済するために奔走して報いられず、平田派国学者として維新政府に裏切られ、絶望の果てに「これが御一新か？　わたしは、おてんとうさまも見ずに死ぬ」と言い残して他界した半蔵の苦衷を察して、次のような慰藉の言葉を手向けている。

《その時になって見ると、旧庄屋として、また旧本陣・問屋としての半蔵が生涯もすべて後方《うしろ》になった。すべて、すべて後方になった。ひとり彼の生涯が終わりを告げたばかりでなく、維新以来の明治の舞台も、その十九年あたりまでを一つの過渡期として大きく廻りかけていた。人々は進歩を孕んだ昨日の保守に疲れ、保守を孕んだ昨日の進歩にも疲れた。新しい日本を求める心は漸く多くの若者の胸に萌して来たが、しかし封建時代を葬ることばかりを知って、まだまことの維新の成就する日を望むことも出来ないような不幸な薄暗さがあたりを支配していた。》

神聖不可侵の天皇主権国家を仮構する明治政府は、天賦人権論を踏まえた在野の憲法私案をことごとく国権で封じ込め、民衆に忠君愛国のイデオロギーを植えつけて、官僚主義の強権統治政策を推し進めた。現人神《あらひとがみ》の天皇の命令で作成した大日本帝国憲法は〝不磨《ふま》の大典〟なのだから、「公布以前に国会の審議を求めるどころか、憲法の内容そのものを一切人民に知らせる必要はないし、憲法に関する人民の建議や公布後の憲法に対する批判も許してはならない」というのが伊藤らの方針である。

これに対して〝東洋のルソー〟の異名のある民権派の中江兆民は、「人民に主権があり、大臣官僚はその公僕である。憲法を造ることは人民の自主自由の大権を保障することであって、政治権力の恣意《しい》で憲法を制定することは許されない」と言って、欽定憲法発布の当日「大阪朝日新聞」が配った憲法の全文と英訳文を一読したあと、あざ笑って投げ捨てたという。在日のある外国人医師は、二月十一日の憲法発布を三日後に控えて、「いたるところに奉祝門、照明、行列計画」がなされているのに、「滑稽なことには、だれも憲法の内容を御存知ない」と、政府に踊らされてお祭り騒ぎをしている日本人の体質を揶揄している。

天皇絶対主義の枠をはめられて民権や自由が極端に制限されている欽定憲法の性格に、人びとはまだ気づいていない。神格化された天皇を〈玉〉として操る藩閥官僚の専制的な企みなど知る由もない一般庶民は、半蔵同様に五箇条の誓文に込められた聖旨を信じて政府の施策を見守っているだけである。半蔵は誓文の中でも、とりわけ「官武一途はもとより庶民に至るまでおのおのその志を遂げよとの誓い」に大きな期待を寄せていた。この一項がある限り、民衆救済の〝日本の夜明け〟は必ず訪れると思っていた。

しかし、明治十五年発布の「軍人勅諭」によって、天皇が伝統的な無防備の〈御門《みかど》〉から軍服に身を固めた大日本帝国の大元帥（皇帝《エンペラー》）に変貌した時点で、万民保全の道を立てると誓った五箇条の誓文は、「飛鳥尽きて良弓収まるのたとえ（用済み）」のように、平田派の国学と同じ運命をたどることになる。そして、伊藤博文らの創作した「大日本帝国憲法」において明治天皇が専制君主の〝神聖不可侵〟を宣言させられたことで、五箇条の誓文は完全に反故《ほご》と化してしまうのである。

二千五百枚に及ぶ大作「夜明け前」の第二部は、主人公・青山半蔵の寝棺を収める墓掘りの場面で終っている。使用人の佐吉らが穴を掘っている傍らで、愛弟子の林勝重は生前の半蔵のことを想い出しながら、半蔵を埋葬する深くて暗い穴を見つめている。

《「さあ、もう一息だ。」／その声が墓掘りの男たちの間に起こる。続いて「フム、ヨウ」の掛け声も起こる。半蔵を葬るためには、寝棺を横たえるだけのかなりの広さ深さもいるとあって、掘り起こされる土はそのあたりに山と積まれる。強いにおいを放つ土中をめがけて佐吉らが鍬《くわ》を打ち込むたびに、その鍬の響きが重く勝重のはらわたに徹《こた》えた。一つの音のあとには、また

他の音が続いた。（第二部――終）》

この作品の歴史文学的な性格を考慮すれば、この終り方は尻切れトンボの感じがしないでもないが、藤村はこのあとに同じ登場人物（青年時代の和助も登場）による未完の遺作「東方の門」（昭和一八年）を用意している。「東方の門」は、言わば「夜明け前」の第三部に相当する作品である。「東方の門」では半蔵の悶死に触発されて全国行脚《あんぎや》の旅に出る万福寺の松雲和尚が主人公となり、旅の先々で半蔵の悲劇的な生涯を回想するという設定になっている。おそらく藤村は、旅をする松雲の視点から〈明治維新〉を眺めなおすことで、前作「夜明け前」の補完を考えていたものと思われる。

藤村は「東方の門」の中で半蔵が困難な時代に遭遇したことに触れ、「あの木曽の古い伝説に伝わる園原《そのはら》の里の帚木《ははきぎ》のように、半蔵らの求める目標は行っても行っても遠くなるばかり。でも、その信念は堅かった。そして一旦こうと思い定めたおのれらの道は、それを改めることも変えることも出来なかったのが、殊にあの正直で一本気な半蔵であった」と記している。松雲が山陽・九州の長途の旅を終えて東京へ戻って来たのは、日清戦争直後の明治二十九年八月である。名古屋から汽車で上京した松雲は、ともすれば近代化の浪に押し流されそうになる自身を戒めながら次のように語る。

《いかに日本が歴史的な転回を持たねばならなかったほどの容易ならぬ時機を通過したとは言え、時代の急潮、乃至《ないし》その逆潮が及ぼす力の早さに深い伝統の基礎までがそう押し流されるべきものではなく、過去にこの国のものの性格を形造った腰骨の強さはまた各方面に顕わるる気運に向かって来た。／松雲が東京に来て聞きつけたのも、この新時代の跫音《あしおと》である。和尚が耳にした狭い範囲だけでも、（絶筆）》

これが、太平洋戦争の最中《さなか》に書かれた「東方の門」第三章の最後の一節である。日清戦争を太平洋戦争に置き換えれば、戦時下の時流に押し流されて行く民衆への警告とも読み取れる一文である。このあとどのように展開するかは想像の域を出ないが、「東方の門」創作ノートのメモによると、明治三十年以降に挙げられている人物名に〈和助〉の名前が三度も出て来るので、青山和助即ち藤村自身を主役に据えて「第二の春」を執筆する構想があったのではないかと推測される。ノートにも、「すべてのものの活き返る時／つぎつぎに活き返りゆくものの姿――／過去も、死せる古代も――神も人も／死せる東亜までも――／『第二の春』構成のアウトライン」というメモがある。なお、万福寺住職松雲和尚のモデルとなった馬籠の永昌寺住職桃林和尚は、明治三十五年四月十五日に七十五歳で他界している。

しかし、推測は所詮想像に過ぎない。書かれなかったことについて、あれこれ穿鑿してみても始まらない。ただ、藤村が「夜明け前」の続篇を意図していたことだけは、まず間違いあるまい。

このことは、連載予告の「東方の門を出すに就いて」（昭和一七年一二月『中央公論』）冒頭の、「……先年前作（「夜明け前」）を本誌上に連載した時と同じように今回もこれを年四回に分け、来春正月の新年号より載せはじめて、四月、七月、十月の順に連載の予定である」の一文からも予想がつく。いずれにせよ、「東方に生れたものは誰しもくぐらねばならない門がある。……中世の門を開くことなしには、古代の門に達し難し。随ってまた近代の意味を知る能わず」と創作ノートに書き残した「東方の門」が、第三章の途中で中絶したことは、単に「東方の門」のためだけでなく、本格的な大河小説「夜明け前」の完結のためにも惜しまれることである。

結、「夜明け前」と現代

昭和十八年（一九四三）八月二十一日の朝食後、前年に入手したばかりの大磯の自宅で静子夫人とこれまで書き上げた「東方の門」第三章の原稿の読み合わせをしていた藤村は、突然脳溢血の発作で倒れる。夫人に抱きかかえられたまま、玄関から吹き込む風を受けて、「涼しい風だね」と二度繰り返したあと昏睡状態に陥り、翌日の〝夜明け前〟に七十一年の生涯を閉じた。

藤村が「夜明け前」の執筆を始めた昭和初年の政治状況は、明治二十年前後のそれと極めて似ている。藤村が青山半蔵の生きた時代を近代日本の〈夜明け〉と見ずに幽暗の〈夜明け前〉と捉えたのは、神格化された天皇主権国家のカラクリを見抜いていたからである。明治二十年代に入って発布された欽定憲法と教育勅語は、伊藤博文と山県有朋が神聖不可侵の〈現人神〉を仮構して人民を隷属させ、体制批判を封じて国家権力を掌握するために仕掛けた巧妙な支配装置であった。明治政府が徴兵制反対運動を牽制し、富国強兵策を強行するための手段として別格官幣社に格上げした靖国神社は、「軍人勅諭」と天皇統帥権に支えられて軍国主義の普及に大きな役割を果たした。

大正末年から昭和初年にかけて台頭した国家主義者も、昭和六年の満州事変を契機に軍部と結びついてファシズム運動を展開し、国民を戦場へ駆り立てるために靖国神社を最大限に利用した。また、明治の藩閥官僚が国学者と組んで〈万世一系〉の天皇制支配を正当化するために編み出した皇国史観（神話を取り込んだ皇室中心の歴史観）は、昭和に入ると再び官学アカデミズムを支配して国民に現人神信仰（御真影）を浸透させてゆく。

藤村が「夜明け前」第二部を発表した昭和七年から十年までは、日本が中国東北部に傀儡《かいらい》政権の〈満州国〉を造り上げて戦争へと突き進んだ時期であり、皇国史観と治安維持法を武器にして自由主義者や進歩的な学者への弾圧を強化した時期である。作家の小林多喜二が特高に虐殺され、良心的な大学教授の滝川幸辰《ゆきとき》、末弘厳太郎《いずたろう》、美濃部達吉らは治安維持法違反や不敬罪で著書を発禁処分された上、その地位を剝奪された。そのような言論・思想弾圧の嵐の中で、明治維新の暗部を描く第二部の執筆はしばしば難渋する。第一部から定期的に年四回（一、四、七、十月）連載を続けてきたが、昭和九年の七月は遂に休載を余儀なくされた。藤村にとっては、まさに眼前の恐怖政治を見据えての執筆だったのである。

民主主義の根底にある理念は、天賦人権思想に基づいた〝人間の尊厳〟である。これが否定される時、国家権力による個人抑圧の暗黒時代が再び到来する。藩閥政府の特権的保護に寄生して増殖した商人金融業者（政商）の暗躍を許し、酷税に苦しむ民衆の犠牲を足場にして立身出世を図る地方官僚の横暴を許し、生活権を脅やかす徴兵制に反対する農民らを弾圧する国家権力の介入を許し、ひたすら絶対主義天皇制国家への服従と忠誠を強《し》いてきた日本の〈近代〉とは一体何であったのか。「夜明け前」はそのことを鋭く問うているのである。

それにしても、大河小説「夜明け前」の解読は骨の折れる仕事である。本流の〈青山半蔵一代記〉の大河に注ぎ込む支流は無数にあり、しかもその背景に幕末から明治維新へ移行する歴史の網が縦横に張り巡らされているので、一筋縄ではいかない。それにも拘らず、「夜明け前」が時代を超えて読み継がれているのは、藤村が父・島崎正樹の実録を踏まえて造形した青山半蔵の悲劇的な生涯を、歴史文学の形態を借りて、国家権力に蹂躙される民衆の悲劇に昇華させているからである。この作品の底には〝下積みの人間〟の怨念が渦巻いている。藤村が半蔵に託した「まことの四民平等」の悲願は、官尊民卑の官僚主義に阻まれて今なお達せられていない。日本は依然として〝夜明け前〟なのである。

さて、「夜明け前」を解読する際に注意すべきことの一つに、藤村の文体の問題がある。この作品を一大叙事詩として成功させていることに、藤村の文体が大きく関わっているからである。藤村は自然主義作家として終始客観的叙述を心掛けながらも、この難解な長篇を読ませるために、随所に抒情をにじませたリズミカルな文脈を配している。すでに挙げてある引用文にも見られるが、文末や文脈の切れ目に用いているリフレーン（繰り返し）もその一つである。

語句のリフレーンは詩人時代に手掛けた新体詩の技法を散文に適用したもので、藤村の長篇小説に見られる文体上の特徴の一つであるが、とりわけ「夜明け前」では多く使われている。その一例を挙げてみる。ここでは僅か一頁の中に「…を思い出し」が十回も使われており、しかもその中の一文には更に「…語り」のリフレーンを挿入するなど、いろいろと手の込んだ工夫が施されている。

《(亡父を詠んだ)こんな自作の歌までも思い出しているうちに、耳に入る冷たい秋雨の音、それにまじってどこからともなく聞こえて来る蟋蟀《こおろぎ》の次第に弱って行くような鳴き声が、いつのまにか木曽の郷里の方へ半蔵の心を誘った。彼は枕の上で、恋しい親たちの葬ってある馬籠万福寺の墓地を思い出した。妻のお民や四人の子の留守居する家の囲炉裏ばたを思い出した。平田同門の先輩も多くある中で、彼にはことに親しみの深い暮田正香をめずらしく迎え入れたことのある家の店座敷を思い出した。木曽路通過の正香は賀茂の方へ赴任して行く旅の途中で、古い神社へとこころざす手本を彼に示したのもあの先輩だが、彼と共にくみかわした酒の上で平田一門の前途を語り、御一新の成就のおぼつかないことを語り、復古が復古であるというのはそれの達成せられないところにあると語り、しまいには熱い暗い涙があの先輩の男らしい顔を流れたことを思い出した。彼はまた、松尾大宮司として京都と東京の間をよく往復するという先輩師岡《もろおか》正胤を美濃の中津川の方に迎えた時のことを思い出し、その小集の席上で同門の人たちが思い思いに歌を記しつけた扇を思い出し、あるものはこうして互いにつつがなくめぐりあって見ると八年は夢のような気がするとした意味の歌を書いたことを思い出し、あるものは辛《から》いとも甘いとも言って見ようのない無限の味わいをふくみ持った世のありさまではあるぞとした意味のものであったことを思い出した。その時の師岡正胤が扇面に書いて彼に与えたものは、この人にしてこの歌があるかと思われるほどの述懐で、おくれまいと思ったことは昔であるが、今は人のあとにも立ち得ないというような、そんな思いの寄せてあったことを思い出した。》（傍点引用者）

また、一橋慶喜に触れた箇所に、「……今の将軍（家茂）と競争者の位置に立たせられたのもこの人だ。……将軍後見職に就いたのもこの人だ。……参観交代制度廃止の英断に出たのもこの人だ」のようなリフレーンもある。次の「書き」のリフレーンは、半蔵が東京で修学中の和助（藤村）に宛てた手紙のことである。

《隠宅の方へお民と共に引き移る日を迎えてからも、彼は郷里の消息を遠く離れている子にあてて書き送ることを忘れなかった。彼はその小楼を和助にも見せたいと書き、二階から見える山々の容《かたち》の雲に霧に変化して朝夕のながめの尽きないことを書き、伏見屋の三郎と梅屋の益穂《ますほ》とが本を読みに彼のもとへ通って来るたびによく和助のうわさが出ることを書き、以前に伊那南殿村の稲葉家（おまんの生家《さと》）からもらい受けて来た杏《あんず》の樹がその年も本家（旧本陣）の庭に花をつけたが、あの樹はまだ和助の記憶にあるだろうかと書いた。時にはまた、本家の宗太も西筑摩の郡書記を拝命して木曽福島の方へ行くようになったが交際交際で十円の月給ではなかなか足りそうもないと書き、しかし家の整理も追い追いと目鼻がついて来たことを書き、この家計の骨の折れる中でも和助には修業させたい一同の希望であるからそのつもりで身を立ててくれよと書き、どうかすると娵女《よめじょ》のお槇《まき》が懐妊したから和助もよろこべというようなことまで書いてそばにいるお民に笑われた。》

このほか、「夜明け前」には昏迷を極める世情や懊悩する半蔵の心を浄化するような描写の文章も所々に見える。中でも印象的なのは、万福寺の松雲和尚が早朝に撞《つ》く鐘楼の鐘の響きである。俗世間から一歩退いて時代の慌しい動きを山の上で静観する松雲は、「時が移り世態が革《あらた》まるのは春夏秋冬のごとくであって、雲起こる時は日月も蔵《かく》れ、その収まる時は輝くように、聖賢たりとも世の乱れる時には隠れ、世の治まる時には道を行なうというふうに考えた。……さてこそ、明治の御一新も、この人には必ずしも驚くべきことではなかった。たといその態度をあまりに高《こう》踏《とう》であるとし、他から歯がゆいように言われても、松雲としては日常刻々の修道に思いを潜め、遠く長い目で世界の変革に対するの一手があるのみ」なのだ。その松雲自ら撞く十八声の鐘の音が、馬籠とその周辺の谷々に響きわたるのである。この箇所の文章もまた、藤村独自の描写を抑えた清澄な緊張感を与えて感動的である。

《翌朝は雨もあがった。松雲は夜の引き明けに床を離れて、山から来る冷たい清水に顔を洗った。法鼓《ほうこ》、朝課《ちょうか》はあと回しとして、まず鐘楼の方へ行った。恵那山を最高の峰としてこの辺一帯の村々を支配して立つような幾つかの山嶽も、その位置からは隠れてよく見えなかったが、遠くかすかに鳴きかわす鶏の声を谷の向こうに聞きつけることはできた。まだ本堂の前の柊《ひいらぎ》も暗い。その時、朝の空気の静かさを破って、澄んだ大鐘の音が起こった。力をこめた松雲の撞き鳴らす音だ。その音は谷から谷を伝い、畠から畠を匍《は》って、まだ動きはじめない村の水車小屋の方へも、半分眠っているような馬小屋の方へもひびけて行った。》

《ある朝、半蔵は村の万福寺の方から伝わって来る鐘の音で目をさました。店座敷の枕の上できくと、その音は毎朝早い勤めを怠らない松雲和尚の方へ半蔵の心を連れて行く。それは万福寺の新住職として諸国遍歴の修行からこの村に帰り着いたその日から、当時の習慣としてまず本陣としての半蔵の家の玄関に旅の草鞋《わらじ》を脱いだその日から、そして本陣の一室で法衣装束に着かえて久しぶりの寺の山門をくぐったその日から、十三年も達磨《だるま》の画像の前にすわりつづけて来たような人の自ら鐘楼に登って撞き鳴らす大鐘だ。（中略）和尚が僧智現《ちげん》の名も松雲と改めて万福寺の住職となった安政元年の昔も、今も、同じ静かさと、同じ沈着《おちつき》とで、清く澄んだ響きを伝えて来ている。／一音。また一音。半蔵の耳はその音の意味を追った。あのにぎやかな「ええじゃないか」の卑俗と滑稽とに比べたら、まったくこれは行ないすました閑寂の別天

地から来る、遠い世界の音だ。》（傍点引用者）

しかし、半蔵は最後まで松雲の撞く「鐘の音の意味」を解し得ないまま世を去る。半蔵の葬式の日、松雲は林勝重の前で、「今度という今度はつくづくわたしも世の無常を思い知りました」と述懐し、「遠からずやって来る七十の齢《よわい》を期して、長途の旅に上《のぼ》る心じたく」をしていることが明かされる。松雲には日ごろ心に期している四つの誓いがある。「命とたたかわず、法とたたかわず、理とたたかわず、勢とたたかわず」の〝不戦の心得〟である。松雲は、半蔵が焼こうとした万福寺に何の執着も持たない立場を示すことで〈死者〉への回向《えこう》に代えようとした。そのために、「七十の声を聞いたならばその時こそは全国行脚をこころざし、一本の錫杖《しやくじよう》を力に、風雲に身を任せ、古聖も何人《なにびと》ぞと発憤して、戦場に向かうごとく住み慣れた馬籠の地を離れて行きたい」と考えたのである。

すでに旅の守り袋も用意されており、中には「梵文《ぼんぶん》の経の一節を刻んであるインド渡来の貝陀《ばいだ》羅《ら》樹葉（シュロに似た葉）、それを二つ折りにして水天宮の守り札と合わせたもの」が収められている。芭蕉の「奥の細道」になぞらえて、「古人も多く旅に死せるありとやら。いずこに露命は果てるとも測りがたい」との配慮から、寺に遺す辞世まで用意していた。それには、「紙の上に一つの円が力をこめて書きあらわしてあり、その奥には禅家らしい偈《げ》（仏徳を讃える韻文）も書き添えて」ある。

松雲は旅立ちの日までになすべきこととして、徒弟僧の中から後継者を育て、雨漏りのする本堂の屋根を修理し、万福寺年中行事の草稿を作り、弟子の心得となるべき禅門の教訓として、「仏世の値《あ》（会）いがたく、正法の聞きがたく、善心の起こしがたく、人身の得がたく、諸根のそなえがたいこと」を書き置くことにした。その上で松雲はおもむろに、「前途幾百里、もしその老年の出発の日が来て、西は長崎の果てまでも道をたどりうるようであったら、遠く故郷の空を振り返って見る一人の雲水僧のあることを記憶して置いてくれよ」と勝重に語る。「東方の門」第一章は「夜明け前」第二部最後のこの箇所を受けて始まるのである。

おわりに

藤村は「夜明け前」第二部の第一章と第二章を、ほとんど〈黒船〉問題に充てている。その理由は、「極東への道をあけるために進んで来たこの黒船の力は、すでに長崎、横浜、函館の三港を開かせたばかりでなく、さらに兵庫（神戸）の港と、全国商業の中心地とも言うべき大坂の都市をも開かせることになった。……こんな黒船が海の外から乗せて来たのは、いったいどんな人たちか。ここですこしそれらの人たちのことを振り返ってみる必要がある」からだという。

こうして、鎖国日本に開港交易を求めてきた欧米各国の外交官の役割と交渉ぶりが史実に基づいて紹介されるが、その中で藤村が格別興味を示しているのは、ペリーの後を受けて下田に上陸したアメリカ総領事ハリスである。第一章の〈三〉と〈四〉はすべてペリーとハリスで占められている。とりわけ、安政四年（一八五七）に大統領の信任状を示して幕府と条約締結の交渉をした時のハリスの口上書を藤村は詳細に記している。ハリスは、イギリスやフランスはアジアを植民地化するために開港を迫っているが、アメリカは対等の関係で交易するために来日したことを強調した上で次のような口上書を提出した。その一部を引いてみる。

《大統領誓って申し上げ候。日本も外国同様に、港を開き、売買を始め、エジェント（代理業者）御迎え置き相成り候わば、御安全の事に存じ奉り候。

——日本数百年、戦争これなきは天幸と存じ奉り候。あまり久しく治平うち続き候えば、かえってその国のために相成らざる事も御座候。武事相怠り、調練行き届かざるがゆえに御座候。大統領考えには、日本世界中の英雄と存じ候。もっとも、英雄は戦に臨みては格別尊きものに候えども、勇は術のために制せられ候もののゆえ、勇のみにて術なければ、実は尊しとは参りがたきものに御座候。今日《こんにち》の備えに大切なるは、蒸汽船その他、軍器よろしきものにほかならず。たとい、英人と合戦なされ候とも、英国はさまでの事にはあるまじくとも、御国の御損失はおびただしき事と存じ奉り候。（中略）

——今般、大統領より私差し越し候は、御国に対し懇切の心より起こり候儀にて、隔意《かくい》ある事にはこれなく、他の外国より使節等差し越し候とはわけ違いと申し候。右等の儀よろしく御推察下さるべく候。ことに、このたび御開港等、御差し許しに相成り候とも、一時に御開きと申す儀にはこれなく、追い追い時にしたがい御開き相成り候よういたし候わば、御都合よろしかるべくと存じ奉り候。英国と条約御結びの場合には、必ず右様には相成るまじくと、大統領も申しおり候。国々より条約のため使節差し越し候とも、世界第一の合衆国の使節よりかくのごとく御取りきめ相成り候旨《むね》、仰せ聞けられ候わば、かれこれは申すまじく候。合衆国大統領

は別段飛び離れたる願いは仕らず、合衆国人民へ過不及なき平等の儀、御許しのほど願いおり候ことに御座候。》

平和が長く続けば、いくら武士道や大和魂が旺盛でも、近代的な兵器には敵《かな》わないと言って高価な武器を売りつける商人外交は、どことなく現今のアメリカと日本の軍事同盟関係に似たところがある。藤村はハリスの口上書を長々と引用した上で、「ハリスは米国提督のペリーとも違い、力に訴えてもこの国を開かせようとした人ではなかった。相応に日本を知り、日本の国情というものをも認め、異国人ながらに信頼すべき人物と思われたのもハリスであった」と、一応好意的に評価している。

六年間の滞日中、英国公使オールコックと張り合いながらも、下田条約に続いて日米修好通商条約の締結に成功したハリスは、文久二年（一八六二）に辞任帰国した。しかし、勅許を得ないまま大老・井伊直弼が調印した日米修好通商条約が〝安政の大獄〟の直接の原因になったことを考えると、商人外交官ハリスはとんだ火種を日本に残したことになる。

最後に、「夜明け前」と「東方の門」に共通している滞日外国人の日本及び日本人観について少し触れておく。藤村は、幕末から明治維新にかけての動乱期の日本を外国人がどのように見ていたかについて、多くの紙数を割いて言及している。「夜明け前」では、元禄時代に来日したドイツの医師・博物学者のケンペル（オランダ東印度会社の嘱託医師だったので藤村はオランダ人と記している）の書き残した『日本誌』を手掛りにして、フランス公使の通訳メルメ・デ・カションが日本及び日本人について感想を述べている。

ここにもまた、藤村の旧師・栗本鋤雲をモデルにした喜多村瑞見が登場する。外交の最先端で通訳をしているカションが日本語に巧みなのを不思議に思った日本の役人が、どこで習ったのかと質問する。するとカションは、「わたしですか。蝦夷の方にいた時分でした。函館奉行の組頭に、喜多村瑞見という人がありまして、あの人につきました。その時分、わたしは函館領事館に勤めていましたから。そうです、あの喜多村さんがわたしの教師です。なかなか話のおもしろい人でした。漢籍にもくわしいし、それに元は医者ですから、医学と薬草学の知識のある人でした。わたしはあの人にフランス語を教える、あの人はわたしに日本語を教えてくれました」と手の内を明かす。その後、喜多村瑞見は幕府の外国奉行に抜擢され、慶応三年に幕命を帯びて渡仏し、公使として日仏の仲を取り持つ仕事をする。カションは瑞見から、日本に関する政治・経済・文化・風俗など、多くの知識を仕入れている。

英仏蘭の各公使が朝廷から招かれて外人禁制の京都へ向かう日、通訳として同行するカションはフランス公使ロセスに日本の風俗習慣について語り聞かせる。この日、朝廷側から示された京都滞在中の心得を細かく規定した箇条書の書類を、「正確に読みうるものは、一行のうちでカションのほかになかった」という。

《ヨーロッパ文明と東洋文明とを比較して、その間の主な区別は一つであるとなし、前者は虚偽を一般に排斥するも、後者は公然一般にこれを承認する。日本人やシナ人にあっては最も著しい虚言が発覚しても恥辱とせられない。かくまで信用の行なわるることの少ないこの社会に、いかにして人生における種々の関係が保たるるかは、解しがたいきわみであると言うものがある。

日本人の道徳、および国民生活の基礎に関する思想は全くヨーロッパ人のそれと異なっている。その婦人身売り（芸者？）の汚辱から一朝にして純潔な結婚生活に帰るようなことは、日本には徳と不徳との間になんらの区画もないかと疑わせると言うものがある。

自分らが旅行の初めには、土地の非常に豊かなのにも似ず、住民の貧乏な状態のはなはだしいのが目についた。村はもとより、大家屋の多く見える町でさえ活気や繁栄の見るべきものがない。かく人民の貧窮の状態にあるのはただ外形のみであってその実そうでないのか、あるいは実際耕作より得る収入も少ないのか、自分らはそれを満足に説明することができない。日本では政治上にも、統計上にも、また学問上にも、すべてに関してその知識を得ることが容易でない。これは各人がおのれ自身の生活とその職業とに関しない事項を全く承知しないためによると言うものもある。

しかし、日本に高い運命の潜んでいることを言わないヨーロッパ人はない。もし彼ら日本人にして応用科学の知識に欠くることなく、機械工業に進歩することもあらば、彼らはヨーロッパ諸国民と優に競争しうるものである。日本は文学上にも哲学上にも未知の国であるが、ここにある家屋は清潔に、衣服も実用に耐え、武器（刀剣？）の精鋭は驚くばかりである。独創の美に富んだ美術工芸の類《たぐい》については人によって見方も分かれているが、とにもかくにも過ぐる三百年の間、ほとんど外国と交通することもなしに、これほど独自の文化を築き上げた民族は他にその比を見ない。そう言わないものもない。》（第二部第二章）

カションの話を聞いた上でロセスは、「王政一新の前日までは、鎖攘（鎖国攘夷）を唱えるものは忠誠とせられ、開港を唱えるものは奸悪とせられた。しかるに手の裏をかえすように、その方向を一変したとなると、改革以前までの鎖攘を唱えたものは畢竟《ひっきょう》外国人を憎むのではなくして、徳川氏を顛覆するためであったとしか解されない」という世論を踏まえ、政治家としても人間としても「凡庸の人でない徳川慶喜を、にわかに逆賊とは見なしたくない」と言って、徳川氏をつぶす手段として〈尊王攘夷〉を大義名分に掲げた幕府追討軍参謀の西郷隆盛に反省を求めている。

一方、「東方の門」では〈序の章〉全部をドイツ人医師・シーボルトの日本における足跡の紹介に当てている。シーボルトもまた、ケンペルの『日本誌』を読んで日本研究を始めた人である。シーボルトがオランダ商館付医官として長崎の出島に着任したのは文政六年（一八二三）であるが、「東方を求める心、その心で遠く未知の空を望んで来たシイボルトは、想像以上のものをこの国に見出して」驚いた。日本では各地に蘭学者が輩出し、「杉田玄白、宇田川槐園、大槻玄沢その他の手に成る西洋医書の翻訳は、彼が来朝する前、すでに数え切れないほど出版されていた」からである。

シーボルトは、「鼻隆く眉秀で、独逸人らしい凛々《りり》しい容貌の持主で、体格もすぐれて大きかったが、外人に有り勝ちな傲慢不遜な態度で知らない土地のものを見下すようなところはすこしもなく」、オランダ屋敷の医官として日本人の患者の診察は堅く禁じられていたにも拘らず、「内々に治療を乞うものがあれば、彼はよろこんでその求めに応じた」ので、長崎の人たちの評判もよかった。いつのまにか、オランダ屋敷に許可を得て出入りする遊女の一人、其扇と親しい仲になり、秋雨の頃になると「其扇は紋付の秋袷《あわせ》に黒塗りの下駄をはき、蛇の目の傘などを携えて」シーボルトのもとへ通うようになる。

日本におけるシーボルトの功績は、長崎郊外の鳴滝川のほとりに、診察所を兼ねた住居と、研究所を兼ねた学舎・鳴滝塾を造ったことである。この鳴滝塾に、高野長英・伊藤圭介・伊東玄朴・緒方洪庵など多くの俊秀が集まり、シーボルトから医学を含む自然科学全般の指導を受けて、日本の近代科学の発展に大きく寄与することになる。

ところが、五年の任期が終って帰国の準備をしていたシーボルトは、懇意にしていた幕府天文方の高橋作左衛門から記念に日本の精密な地図を贈られるが、その中に間宮林蔵の測量した蝦夷・

樺太の地図の模写も含まれていたので、地図の国外持ち出しを厳禁した国法に違反する者として取り調べられ、入手した地図をすべて没収された上、高橋は下獄となりシーボルトは国外追放の処分を受けた。幕府はこれを契機に洋学者の弾圧に乗り出し、鳴滝塾の門下生も多数処罰された。いわゆる〈シーボルト事件〉がそれである。シーボルトは其扇との間に一人の娘を儲けていたが、二人を同伴することは許されなかったので、「愛人と愛娘との絵姿を青貝細工に現わした小筥《こばこ》を特に調製させ、それを長崎生活の記念として両人の許《もと》に残し置き」、文政十二年（一八二九）十二月に罪人《つみびと》として日本を去った。

勤務先のオランダへ帰って著述に専念したシーボルトは、体験記『日本』を発表してヨーロッパの学界を驚かす。そこには、「二百年泰平のお蔭で日本国民の文明はその高潮に達し、今や欧羅巴を除いては、古世界中の最も進歩したものとなったことは何人も争えない」と書かれていたからである。

《独り文明開化をもって自任する西洋人に取って、これは意外な書物であったに相違ない。シイボルトの日本の紹介は地理学上の探求にのみとどまらないで、所謂地神の五代（神話の五柱の神の時代）として知られた遠い祖先神の古事より日常生活の末にまで亘《わた》り、農作、殖林、牧畜、漁業及び猟業、鉱業、産物、食物、衣服、すべて尽くさざるはない。》

シーボルトは、歴史上の混乱に乗じて今にもアメリカは「古き世界の東の国々へ向かいて一本の通路を開拓」するために征略軍や発見隊を送ることになるであろうが、「ここ日本の土地にはこれを亦も繰り返すことなく、その価値を知らぬために此の国民の深く蔵蓄せる学問的重宝をまで殄滅《てんめつ》」させてはならないと警告している。アメリカのペリーが浦賀に来航して幕府を威圧する二十年も前の予言である。シーボルトは安政六年（一八五九）にオランダ商事会社評議員としてオランダ国王の親書を携えて再び来日し、「日本を平和の裡《うち》に世界に仲間入りせしめることを以て自己の使命と感じ」、幕府に対して外国との衝突を避けて国の安全を図るのは「賢者の処置である。日本は早く外人厳禁の法を弛《ゆる》めるがいい」と建言した。しかし、前年の〝安政の大獄〟以来、国内問題で昏迷を極めていた幕府の閣僚は色好い反応を示さなかったので、期待を裏切られたシーボルトは外圧に苦慮する日本に見切りをつけ、文久二年（一八六二）三月にオランダへ帰って行った。

藤村は「東方の門」の〈序の章〉の最後で、「医学に、博物学に、シイボルトがこの国の学者と共にせっせと支度を怠らなかったような綜合開発の時は過ぎて、究理と応用との時がそれに替った。東洋の果てにあるこの国の孤立（鎖国）はいつまで守るべくもなく、近代国家の建設をめがけて進むことは必至の勢いとなった。過去二百五十年来の一切の準備は、明治の御代を迎えるためにあったと言って見ることも出来よう」と述べて、シーボルトが日本の近代化のために尽くした業績を高く評価している。

ところで、「夜明け前」のカションと「東方の門」のシーボルトの日本観を比較してみて気づくことは、カションがフランス公使ロセスに紹介している内容は、すべてシーボルトの『日本』の中に書かれていることである。例えば「東方の門」の中の、「殊に考古学や民族学に取りてのみならず兵術史に取りても重要なるものとして、日本の精鋭な武器（刀剣？）とその習練とを紹介した記事は歴史家らしい描写力に富み、今日亜細亜《あじあ》の最も開化したる民族が生んだものとの言葉も使用してある。男児両剣を携えて行くに、その儀容はすでに成人のごとく端正厳粛である、この習慣（武士道？）の道徳的な影響は看過ごせないともしてある」などは、「夜明け前」における外国人の日本及び日本人観と重なるところが多い。

また、「東方の門」のシーボルト事件に触れた箇所に、「蕃書（洋書）は禁じて読ませない、洋学者は遠ざけて近づけない。その方針をよしとしたばかりでなく、国内の人材まで鎖攘してしまったと言い、見よ、前《さき》には高橋作左衛門を鎖攘し、土生《はぶ》玄碩を鎖攘し、後には高野長英、渡辺崋山を鎖攘して、その結果は日本国中を実に頑固なものにした」とある件《くだ》りは、すでに見てきたように「夜明け前」第一部第四章にもそのまま書かれている。そして、これもまた栗本鋤雲著『匏菴十種』の次の一文の翻案なのである。

《予曽《かつ》て天下の人に反するの論を為《な》して云《いわ》く。幕府の失政中、其尤も大なる者は、晩《おそ》く鎖攘せざるに在らずして早く鎖攘するの甚しきに在り。夫《そ》れ唯鎖攘する、早く且つ甚し。故に其書を禁じて読ましめず、其人を遠ざけて近づけず、独り此法を以て是《ぜ》とするのみならず、併《あわ》せて国内の人材を鎖攘し、前《さき》に高橋作左衛門、土生玄碩を鎖攘し、後に渡辺崋山、高野長英を鎖攘し、以て計を得たりとし、特に従政者のみならず全国を導きて固陋蒙昧《ころうもうまい》に陥れ、苟《いやしく》も生を人間《じんかん》に得る者、海外各国の事を云ふを恥ぢ且つ恐るゝに至らしむ。》

ここからもまた、「夜明け前」におけるフランス通の開明派〈喜多村瑞見〉の面目躍如たる先見性を読み取ることができる。以上のことを勘案すると、未完の遺作「東方の門」は明らかに「夜明け前」の続篇を意図して書かれた作品であることが判る。「東方の門」を「夜明け前」第三部と仮称する所以《ゆえん》である。

付録　島崎藤村と「戦陣訓」

島崎藤村に一つの流布《るふ》された伝説がある。太平洋戦争勃発前夜に近衛文麿内閣の陸軍大臣・東条英機の命を受けて、藤村が悪名高い「戦陣訓」の文案を作成したというのである。このことの真偽を資料に基づいて明らかにしてみたいと思う。

昭和十六年（一九四一）一月八日、東条陸相は全陸軍に「戦陣訓」を示達した。この日、東条は新聞に談話を発表し、「戦陣訓」が明治天皇の「軍人勅諭」（明治一五年）に準拠して作成されたものであることを明らかにした上で、「〝戦陣訓〟の称呼は教育総監部でつけたが、内容中の国体観に関しては専門学者の意見もきいて謬《あやま》りなきを期した」と述べている。教育総監部とは、陸軍全般の教育訓練を統轄する機関で、教育総監は陸軍大臣と対等の権限を与えられていた。

「戦陣訓」の作成については、一部で「文章は島崎藤村によるものではないかと言われている」（講談社版『昭和史事典』）などと取り沙汰され、藤村を軍部に迎合した国粋主義者呼ばわりする者もいる。しかし、正確には「昭和十五年、教育総監部本部長・今村均を中心に〝戦陣訓〟を作成し、土井晩翠、島崎藤村らにその校閲を依頼した」というのが真相である。

この「戦陣訓」の文中には天皇の統帥権と神聖不可侵の国体観が頻出するので、東条の談話にもあるように、皇国史観の歴史学者と教育総監部の官僚が共同で文案を作成し、複数の文学者に校閲を依頼している。「戦陣訓」の文章は、漢文調の「軍人勅諭」を踏まえてこれを現代風に組み替えたものである。

例えば、戦場の軍人に敵の捕虜となることを戒めて自決や玉砕を促した項の、「生きて虜囚の辱《はず》かしめを受けず、死して罪禍の汚名を残すこと勿れ」の一文は、勅諭の「公道の理非に踏み迷ひて私情の信義を守り、あたら英雄豪傑どもが禍《わざわい》に遭ひ身を滅ぼし、屍《かばね》の上の汚名を後世まで遺《のこ》せること尠《すくな》からぬものを深く警《いまし》めてやはあるべき」の読み替えである。また、軍人に絶対服従を強要した項も、勅諭の「下級のものは上官の命を承ること、実は直ちに朕《ちん》が命を承る義なりと心得よ」の読み替えである。

つまり、「軍人勅諭」および明治以来の兵学関係法典に精通していなければ「戦陣訓」の起草は不可能に近いということになる。この前提に立って、「戦陣訓」の文章が藤村の手になるものかどうかを考察してみる。

①手本になった「軍人勅諭」は、初代参謀本部長・山県有朋の発案を受けて近代軍制に詳しい兵学者の西周《にしあまね》が起草し、東京日日新聞主筆・福地源一郎（筆名桜痴《おうち》）の校閲を経て成立した。東条陸相の発案による「戦陣訓」の起草も当然軍制の専門家が担当しているはずで、軍制や兵学とは無縁の一文学者に陸軍大臣もしくは教育総監が本文の起草を依頼することは考えられない。

②西周から校閲を依頼された福地は、西とは旧知の間柄なので気軽に引き受け、天皇を神格化した神聖不可侵の欽定憲法が出来る前だったので気兼ねなく、新聞記者の視点から全文にわたって天皇の言葉にふさわしい風格のある文体に改めたという。当時、福地の東京日日新聞は、自由民権派の報知新聞（主筆・栗本鋤雲《じょうん》）や朝野新聞（主筆・成島柳北）に対抗して政府寄りの国権派を標榜したので〈御用新聞〉の悪評を被った。一方「戦陣訓」の場合は、明治天皇の勅諭に準拠したという特殊事情もあり、神聖不可侵の天皇の統帥権を盛り込んだ文案に、素人が手を入れることなど出来るはずもない。おそらく、藤村は文脈や字句の訂正程度の校閲で済ましたものと思われる。

③日本の皇軍を正義、中国軍を邪悪と決めつける正邪二元論に立って侵略戦争を正当化している「戦陣訓」の文章を、仮に藤村が書いたとすれば、同じ時期に彼が随想「回顧」（昭和一六年一月）の中で、善悪二元論で割り切る世界観を否定し、とかく物ごとを対立的に考えたがる日本人の性急な気質を戒め、国民に科学的な観察者の目を持つことを勧めているのは腑に落ちない。

④藤村は「戦陣訓」示達と同じ日に、朝日新聞に寄稿した年頭所感「昭和十六年を迎えて」の中で、「まことに新しい体制を求むるほどのものは、たやすくその言葉を口にし得まい。なんと、昨日を非難する声のかまびすしかったことか。みんないさぎよく昨日を脱ぎ捨てたというのか。今日のバスに乗り後れまいと言うのか。現時の急務は今日を焦ることばかりでなしに、昨日の後始末を怠るまいとすることにあろう」と述べ、前年に発足した政府主導の大政翼賛会に煽《あお》られて

戦時新体制へとなだれ込む時代風潮に警鐘を鳴らしている。
⑤藤村は亡くなる直前（昭和一八年初夏）に、旧師・栗本鋤雲の四十六回忌を記念して刊行された『栗本鋤雲遺稿』に長い序文を寄せている。その中で藤村は、幕末の日本における数少ないフランス通として近代国家の基礎作りに専念した鋤雲が、「一旦維新の改革に際会してからは、いさぎよくそれらの事業を後代のものに譲り、決然として野に下り、何等酬いられるところを願うでもなかった。そこにまことの武士らしさがある。真にこの国を思い、大局を見て進もうとする遠い慮《おもんぱか》りがないかぎり、ただ一身の利害にのみ汲々たるものにこんな態度はとれない。……大東亜決戦段階にある現時の空気の中で、わたしはこの稀な人の遺稿がもう一度刊行される運びに至ったことを感謝し、今日の読者によく味わって見て貰える日の来たことを深い歓びとするものである」と述べ、維新政府に招かれても固辞し、在野の言論人として国家権力を批判し続けて生きた鋤雲の実証的な評論の復刊を歓迎している。藤村は生涯、栗本鋤雲に師事したことを誇りにしていたという。
以上の点を勘案すると、藤村の「戦陣訓」への関与は、軍部が強大な力を持つに至った戦時体制下にあって、校閲の依頼を断われなかったというのが真相であろう。校閲に当たって、教育総監部が作成した文案に大きく手を入れたとも考えにくい。しかし、そのことをもって、藤村を軍国主義に迎合した戦争協力者と決めつけるのはあまりにも一面的に過ぎるであろう。

実は終戦直後、小田切秀雄ら左翼系進歩主義者が「文学時標」を創刊し、高村光太郎を筆頭に戦争讃美の作品を発表した五十名近い〈聖戦文学者〉の戦争責任を追及した時、その中に藤村の名は挙がっていない。逆に、敗戦の大変革を見ずに他界した島崎藤村と徳田秋声の死を惜しみ、「戦時下の反動権力は彼等の文学的追悼すら許さなかった」ので、改めて二人の大家の〝作家魂〟を讃えて実質的な追悼を行なうべきだ、と提言している。

本格派の自然主義作家として実証的なリアリズムを貫き通した藤村には、戦争肯定の作品や狂信的ナショナリズムに迎合した作品などは一篇もない。文学者としての藤村が昭和の戦争時代をどのように生きたかは、言論・思想弾圧の嵐の中で執筆した「夜明け前」と「東方の門」（絶筆）を読めば自ずと判るはずである。何よりも藤村は、狂乱の時代を凝視しながら、最後まで己れ自身を偽らずに生きた作家である。見落としてはならないのは、むしろそのことではないかと思う。

「夜明け前」関連略年譜

（「夜明け前」の作中人物は数え年だが、年譜は満年齢）

天保二年（一八三一）　重寛当歳

藤村の父・島崎重寛《しげひろ》（のちの正樹《まさき》、青山半蔵のモデル）は中山道（木曽路）馬籠宿で本陣・問屋《といや》・庄屋を兼ねる十六代島崎吉左衛門重韶《しげつぐ》（32歳）・ゆか（31歳）の次男として旧暦五月四日、馬籠に生まれた。長男は早世。美貌を謳われた生母ゆか（お袖のモデル）は重寛を産んで二十余日後に病没した。この年、三年前に発生したシーボルト事件の余波が収まらず、ドイツ人医師シーボルトの創設した長崎の鳴滝塾（診療所兼学塾）に学ぶ高野長英・伊東玄朴らの俊秀も処分され、シーボルトに日本地図を提供して投獄された幕府天文方の高橋作左衛門景保は二年前に獄死した。

天保四年（一八三三）　二歳

高遠藩の砲術家・漢学者として著名な阪本天山の孫娘・桂《けい》（22歳、継母おまんのモデル）は二度の結婚に破れたのち、島崎重韶の後妻に入った。これ以後、重寛は武家育ちの継母によって厳しく躾られた。この年、美濃に大地震起こり、関東一帯に大風雨が続いて、東日本全域を飢饉が襲った。いわゆる天保大飢饉の始まりである。

天保六年（一八三五）　四歳

桂が異母妹・由伎《ゆき》（お喜佐のモデル）を出産。一説に由伎は桂の連れ子とあるが、出生の時期から見てそれは誤り。この年、飢饉のため米価高騰し、各地で一揆や打ちこわしが発生。天保期に入って寺小屋が激増し、庶民にも読み書きが授けられた。

天保七年（一八三六）　五歳

この頃より祖父重好（俳号積翠亭峨洲）と父重韶

（俳号松濤園至徳）から読み書き算術を習う。古典の素養のある継母も重寛の学習に一役買ったものと思われる。この年、天保の飢饉は頂点に達し、低温多雨が続いて東北一帯の稲作は皆無作、信濃・越後および四国は三分の一、九州・中国・近畿でも半作以下という状況で、東日本では餓死者や疫死者が続出した。各地で百姓一揆が多発し、追いつめられた百姓は逃散・越訴・強訴・打ちこわしなど、あらゆる非合法手段を用いて各藩の為政者に救済を迫った。

天保八年（一八三七）　六歳

六月、日本人漂流民七名を乗せて通商のため浦賀に入港したアメリカ船モリソン号を、幕府は異国船打払令によって砲撃を命じ、退去させた。（モリソン号事件）

天保十年（一八三九）　八歳

洋学者の渡辺崋山と高野長英は世界情勢を論じて幕府の排外政策を批判して捕えられ、崋山は国許の田原藩に蟄居謹慎を命じられ、長英は永牢の刑を申し渡された。いわゆる「蛮社《ばんしゃ》の獄《ごく》」である。二人はのちに自殺した。

天保十一年（一八四〇）　九歳

この頃に重寛は馬籠村の蜂谷源五郎正氏《まさうじ》から四書五経の素読を、上田の医師児玉政雄から詩経の句《く》読《とう》や和算の手ほどきを受けた。

天保十三年（一八四二）　十一歳

六月、隣家の大黒屋・大脇信親《おおわきのぶちか》は木曽路十曲峠の新茶屋に芭蕉の翁塚として「送られつ送りつ果は木曽の穐《あき》」の句碑を建てたが、翁塚供養の準備中に病没した。翌年、後継者の大脇信興（伏見屋金兵衛のモデル）は父の遺志を継いで翁塚の供養を行なった。

弘化三年（一八四六）　十五歳

島崎家の菩提寺の永昌寺（万福寺のモデル）に子弟教育の手習場が設けられ、重寛は村童に習字と読書を教えた。同じ頃、中津川の医師馬島靖菴《せいあん》（宮川寛斎のモデル）に就いて漢学と国学を学んだ。その縁で靖菴の義弟間秀矩《はざまひでのり》（蜂谷香蔵のモデル）と市岡正蔵（浅見景蔵のモデル）を知り、三人は馬島靖菴門下の国学研究の学友として交誼を深めた。正樹の半自伝『ありのまゝ』によれば、靖菴の許に通って国学を学ぶのは一年のうち三月《みつき》くらいで、それ以外は「家に居て父の命を以て筆個其他の使用に給事し、間暇あれば書を読むを以て楽《たのしみ》とす。時に郷里の年少、羅鳥釣魚囲碁将棊の類を之《これ》楽とし、或は俳優雑劇浄瑠璃の俗曲、甚しきは博奕賭《ばくちかけ》の勝負を以て楽とす。正樹ひとり顧る所なく、亦与《とも》に友とする人なく、惟《ひとり》蜂谷ノ半左衛門政彬《ナル》者ありて時々相語るのみ。彼《か》の諸遊戯に代へて刻苦勉励、書を読む。然れども独学固陋《ころう》、素《もと》より寡聞なり。其間、馬島靖菴、間秀矩時々来て語るを悦ぶのみ」（句読点は引用者）とある。

嘉永元年（一八四八）　十七歳

日本の周辺に異国船が頻々と出没するようになり、幕府は海防に腐心する。この年、信州松代《まつしろ》藩士・佐久間象山《しょうざん》が、藩の要請を受けてはじめて洋式野戦砲を鋳造する。

嘉永六年（一八五三）　二十二歳

四月、アメリカ東インド艦隊司令長官ペリーは、軍艦四隻を率いて那覇に入港し、六月三日に浦賀に到着して久里浜に上陸。アメリカ大統領の国書を日本側に手渡し、再来を約して引き揚げた。当時、江戸で砲学塾を開いていた佐久間象山は、浦賀に急行して米艦隊の動静をつぶさに観察し記録した。象山の塾に入門していた吉田松陰（23歳）も浦賀へ駈けつけ、黒船の威圧感に衝撃を受けた。七月、ロシア使節プチャーチン提督の率いる四隻の軍艦が長崎に来航したが、幕府の拒否により退去。プチャーチンはその後も条約締結の特命を帯びてたびたび来航した。幕府内に海防論が高まり、湯島に鋳砲場を設ける一方で、品川の御台場築造に着手して黒船の脅威に備えた。この年の十二月、重寛は妻籠本陣から同族の島崎与次衛門重佶《しげよし》（青山寿平次のモデル）の妹・縫《ぬい》（16歳、お民のモデル）を妻に迎えた。

安政元年（一八五四）　二十三歳

一月、ペリーの率いる米艦七隻再来。日米和親条約が結ばれて下田と箱館の開港が決まった。続いて、ロシアのプチャーチンとの間に日露和親条約も締結された。三月、京都で修行していた桃林改め智仙和尚（27歳、松雲和尚のモデル）が馬籠の永昌寺住職として迎えられた。十一月、関東と東海に大地震が相次いで起こり、一万人を越える死者を出した。馬籠の本陣も被害に遭った。

安政三年（一八五六）　二十五歳

長女園《その》（お粂のモデル）出生。十月、妻縫の兄・島崎重信と共に相模国三浦郡公郷《くごう》村田津に島崎一族の本家筋に当たる永島家（山上《やまがみ》家のモデル）を訪れて、先祖の出自を確認した。「夜明け前」ではこの時、江戸で平田鉄胤《かねたね》を訪ね、平田篤胤没後の門人に加わったことになっているが、実際に入門したのは文久三年（一八六三）、三十二歳の時だったという。

安政五年（一八五八）　二十七歳

長男秀雄（宗太のモデル）出生。四月、彦根藩主井伊直弼《なおすけ》が幕府の大老に就任。六月、幕府は勅許を得ないままアメリカ総領事ハリスと日米修好通商条約を締結。朝廷は違勅調印を詰問する密勅を水戸藩主に伝え、尊王攘夷派の水戸藩主徳川斉昭はそのことを井伊大老に面詰した。これが安政の大獄の原因である。井伊大老は水戸藩の動きを牽制しながら、反幕的行動のあった者を一網打尽にするために、水戸藩と直接関係のない尊王の志士をも逮捕監禁した。翌年、頼三樹三郎（頼山陽の子）、橋本左内、吉田松陰らは処刑され、梅田雲《うん》浜《びん》は獄死した。この年、幕府の医官・栗本鋤雲《じょうん》（喜多村瑞見のモデル）は一家で北海道の箱館に移住し、医学所を設立して薬園経営や医療に従事した。のちに幕府の軍艦奉行、外国奉行、箱館奉行、フランス特使などを歴任し、維新後は政府批判の言論人（新聞主筆）として活躍した。

万延元年（一八六〇）　二十九歳

一月、幕府の軍艦咸臨丸（艦長勝海舟）がアメリカに向かって出航。三月、桜田門外で大老井伊直弼が水戸浪士らに暗殺された。八月、井伊大老に謹慎幽居を命じられていた水戸の前藩主徳川斉昭死去。十月、馬籠宿二度目の大火で本陣の新宅も全焼した。

文久元年（一八六一）　三十歳
次男広助（正己のモデル）出生。二月、美濃国落合宿で酒造業を営む泉屋の息子・鈴木弘道（13歳、林勝重のモデル）が重寛の内弟子となり、十七歳まで農閑期だけ住み込みで教えを受けた。十八歳以降は二十四歳（明治五年）まで随時通って師事した。十月、皇妹和宮降嫁の行列が中山道を通過。十四代将軍家茂との婚儀は翌年の二月に江戸城で行われた。

文久二年（一八六二）　三十一歳
重寛は中風で倒れた父重韶《しげつぐ》の隠居によって家督を継ぎ、本陣・問屋・庄屋の重責を担う。この年、参覲交代制が緩和されたので宿場の仕事が激減した。また坂下門外の変、寺田屋事件、生麦事件などが相次いで起こり、物情騒然とした中で佐幕開港派と尊王攘夷派が激しく対立するようになる。

文久三年（一八六三）　三十二歳
五月、長州藩が攘夷を実行して関門海峡通過の外国船を砲撃し、英米仏蘭四国連合艦隊の報復攻撃を受ける。八月十八日、薩摩藩と会津藩を中心とする公武合体派が長州軍および尊王攘夷派の公卿を京都から追放した。いわゆる「文久三年八月十八日政変」である。これによって長州藩士は御所警備の任を解かれて京都を追われ、三条実美ら七人の公卿は長州へ亡命（七卿落ち）した。

元治元年（一八六四）　三十三歳
三月、水戸藩の尊王攘夷派を中心に結成された天狗党の乱があり、幕府から賊徒呼ばわりされて、武田耕雲斎以下四百人近くが斬罪に処せられた。七月、長州藩士が京都回復を呼号して御所に進入し、薩摩・会津の守備隊に撃退された（禁門の変）。同月、第一次長州征伐が行われ、前尾張藩主徳川慶勝が総督となり、西郷隆盛を参謀にした。長州藩は四国連合艦隊と交戦中（下関戦争）だったので幕府勢に降伏し、禁門の変の責任者を処刑して恭順の意を表した。この年、勝海舟・坂本龍馬・

吉田松陰らを門人に持つ洋学者・佐久間象山は、開国論を唱えて京都の攘夷派に暗殺され、重寛が尊敬していた尊王攘夷派の志士・真木和泉《いずみ》と久坂玄瑞は禁門の変に敗れて自刃した。

慶応元年（一八六五）　三十四歳

九月、英米仏蘭の四国外交官が朝廷に兵庫（神戸）開港を迫り、大坂湾に連合艦隊を集結させて威嚇した。しかし、兵庫開港の勅許はおりなかった。

慶応二年（一八六六）　三十五歳

一月、坂本龍馬の仲介で木戸孝允と西郷隆盛はひそかに薩長同盟を結んだ。いわば反幕同盟で、薩摩藩は幕府を見限ったのである。したがって、六月に行われた将軍親征の第二次長州征伐の際に、薩摩藩は出兵を拒否した。七月、大坂城に入った将軍家茂が急病死したので第二次征長は失敗に終り、これを契機に幕府の権威は失墜した。十二月、徳川慶喜が十五代将軍に就いた直後に攘夷派の孝明天皇が急死し、一時は暗殺説が流れた。

慶応三年（一八六七）　三十六歳

一月、睦仁親王（のちの明治帝）が十五歳で践祚《せんそ》。十月、土佐藩主山内容堂の建白書を容れて将軍慶喜は大政奉還の上表を朝廷に提出。十一月、坂本龍馬と中岡慎太郎が京都で暗殺される。十二月、岩倉具視・西郷隆盛・大久保利通・木戸孝允らの討幕派によって政権奪還のクーデターが敢行され、神武創業の古代に復帰することを理想に掲げて王政復古の大号令が発せられた。即日、小御所会議を開いて将軍慶喜に辞官納地を命ずることを決定。この年、不安な国内情勢を反映して大衆行動の「ええじゃないか」踊りが大流行した。この間、次女つぎ、三女楊が出生したが、いずれも夭折した。

明治元年（一八六八）　三十七歳

一月、徳川慶喜追討令が発せられ、有栖川宮熾仁《たるひと》親王が東征大総督、西郷隆盛が大総督府参謀に任ぜられた。三月、睦仁親王は公卿・諸侯・文武百官を従え、紫宸殿において五箇条の誓文を天地神明に誓約するセレモニーを岩倉具視・三条実美の演出で催した。天皇は八月二十七日に即位式を挙げて明治と改元し、一世一元制を定めた。江戸城は東京城に改められ、皇居となった。

明治二年（一八六九）　三十八歳
三男友弥（森夫のモデル）出生。二月、宿場の問《とい》屋《や》廃止。七月、中央集権化を目論む新政府は古代律令体制機構を踏襲して神祇官と太政官の二制を設け、政策執行の太政官の重要ポストは王政復古クーデターの主謀者である薩長藩閥が占めた。八月四日、父吉左衛門重韶《しげつぐ》死去、享年七十歳。

明治三年（一八七〇）　三十九歳
一月、大教宣布の詔勅により神道を国教と定め、天皇を神格化するために祭政一致政策が執られた。神祇官の主導権を握る平田派国学者の煽動で神仏分離・廃仏毀釈運動が起こった。十月、本陣および脇本陣廃止となる。

明治四年（一八七一）　四十歳
七月、廃藩置県に伴い、庄屋を廃して戸長を置き、重寛は馬籠地区の初代戸長となる。木曽谷が尾張藩から名古屋県に移り、更に筑摩県に繰り込まれると、山林がすべて官有地となり、山林に依存してきた地域住民は入山を厳禁されて生活苦に追いやられる。明治二年三月頃から山林解禁の請願書を準備していた重寛は、この年（四年）の十二月に名古屋県福島出張所宛に請願書を提出するが、翌年に木曽谷が筑摩県に移管されたことで不発に終った。八月、神祇官が神祇省に格下げされ、更に翌五年三月、神祇省が廃止されて教部省に継承された。

明治五年（一八七二）　正樹四十一歳
二月、これまでの重寛名を〈正樹〉と改名。三月二十五日、四男春樹（和助のモデル、のちの藤村）出生。正樹の愛した庭前の椿に因み、自らの一字を与えて〈春樹〉と命名。この時の家族は、当主正樹（41歳）、妻縫《ぬい》（35歳）、継母桂《けい》(61歳)、異母妹由伎《ゆき》（37歳）は養子を迎えて近くに分家し、小島崎姓を名乗る。長女園《その》（16歳）、長男秀雄（14歳）、次男広助（11歳）は妻の実家の養嗣子となる。次女つぎと三女楊は夭折、三男友弥（3歳）、春樹は四男三女の末子である。当時、島崎家の実権は継母が握っていた。継母は孫娘の園に早くから『古今和歌集』や『源氏物語』などの古典を教え、女の身だしなみとして〈女大学〉の手ほどきもした。この年、一月、太政官布告により皇族・華族・士族・平民の四族の身分が定められ、壬申《じんしん》戸籍の作成も行われた。二月、兵部省を廃して陸海軍両省を設置。八月、近代的学校制度の基本を定めたフランス式の学制令公布。

明治六年（一八七三）　四十二歳

五月七日、正樹は筑摩県第百二十七小校（敬義《けいぎ》学校）の学事係（月給三円）となる。五月十二日、山林解禁運動が原因で戸長を罷免される。九月五日、長女園は継母の一族との婚礼を目前にして自害を図り、未遂に終ったが縁談は解消される。十二月、正樹は独断で島崎家の仏式葬を廃して神葬祭に改め、菩提寺の永昌寺から先祖の位牌を持ち帰り、自宅の神殿に移す。この年、一月、陸軍大輔・山県有朋らの主導で徴兵令が布告されると、旧士族や農民の反発を買って反対運動が起こった。二月、これまで禁制弾圧を続けてきたキリスト教を公認した。

明治七年（一八七四）　四十三歳

六月四日、正樹は上京して教部省考証課の雇員となる。九月、長女園は木曽福島の製薬業・高瀬薫に嫁ぐ。十一月十三日、飛騨国大野郡一宮《いちのみや》村にある神道の国幣小社・水無《みなし》神社の宮司兼中講義に任命（赴任は翌年）。十一月十七日、正樹は東京で明治天皇行幸の際、献扇事件を起こして捕えられ、翌八年一月十三日に罰金刑に処される。この年、一月、板垣退助らは連名で「政治は天下の公議によるべきだ」とする民選議院設立建白書を太政官の左院に提出。二月、森有礼《ありのり》主宰の明六社が発足し、三月創刊の「明六雑誌」で福沢諭吉らは政府の文明開化政策を支持推進した。

明治八年（一八七五）　四十四歳

三月十日、正樹は飛騨の山奥の水無神社に赴任し、五月に筑摩県管内神道教導取締に任ぜられる。更に九月には神道事務分局副長となる。同月、長男秀雄は正樹の隠居（継母の要請）によって家督を相続し、十七歳で家長の座に就く。この年、藩閥政府は反政府運動を取り締まるために、六月八日、讒謗律《ざんぼうりつ》と新聞紙条例を定めて官僚批判を禁止したので、言論人の投獄が続出した。

明治九年（一八七六）　四十五歳

正樹の水無神社宮司在任中の八月二十九日、異母妹由伎《ゆき》が四十一歳で病没した。生前の由伎を詠んだ正樹の恋歌が残されており、「夜明け前」第二部第十三章にその一部が紹介されている。この年、政府の一方的な地租改正に反対する一揆が各地に起こる。

明治十年（一八七七）　四十六歳

十一月二十六日、正樹は飛騨国神道事務分局長に任命される。十二月、教部省は廃止となり、神祇事務は内務省に移管された。同時に政府はこれまでの祭政一致政策を政教分離に変更し、これを不服とする官・国幣社の神官を罷免した。正樹もその一人である。この年、五月に木戸孝允が病死。九月に西南戦争の敗北で西郷隆盛が自刃した。

明治十一年（一八七八）　四十七歳

一月二十日、正樹は神道事務分局長を辞任して帰郷。神坂《みさか》村の小学校に入学した春樹に『千字文』『三字経』『孝経』『論語』などを教授する。長男秀雄は神坂小学校の執事となる。この年、五月に内務卿として政権の中枢に在った大久保利通が暗殺され、明治維新を実現した三元勲（木戸・西郷・大久保）がすべて世を去った。十二月、陸軍省は参謀本部を新設し、初代本部長に山県有朋が就任した。

明治十二年（一八七九）　四十八歳

長男秀雄は馬籠と湯舟沢を合併した神坂村の戸長となる。五月二十九日、秀雄は伊那郡飯田町の城所鎌次郎の妹こま江（松江と改名）と結婚した。この年、六月四日に東京招魂社を別格官幣社に昇格して靖国神社と改称し、内務省・陸軍省・海軍省の三者による共同管理という異例の神社を創り上げた。十月、徴兵令を改正して兵役年限を延長した。

明治十三年（一八八〇）　四十九歳

正樹は村の子弟の教育に尽力したが、呑み込みの早い春樹の教育には格別熱心で、期待するところが大きかった。六月二十八日、明治天皇の中山道巡幸があり、旧本陣として島崎家が昼食のための休息所となった。この年、福沢諭吉を中心に慶応義塾出身者が集まり、社交クラブ・交詢社が組織され、二月に機関誌「交詢雑誌」を創刊して自由民権運動を支持した。

明治十四年（一八八一）　五十歳

九月、正樹の勧めにより三男友弥（12歳）と四男春樹（9歳）は長男秀雄に連れられて、修学のために上京した。京橋鎗屋町（現、銀座四丁目の裏通り）の高瀬薫・園《その》夫妻に預けられ、元数寄屋町の泰明小学校に転入した。この年の十月、政府を二分して対立する大蔵卿・大隈重信と内務卿・伊藤博文との間に、いわゆる「十四年政変」が起こり、伊藤の策謀によって大隈が失脚し、政府から大隈派が一掃されるという事態が発生した。

明治十五年（一八八二）　五十一歳

高瀬薫一家が郷里の木曽福島へ引き揚げた跡に、薫の母方の親戚・力丸元長が住んだので、春樹はそのまま力丸家に預けられた。三男友弥は勉強嫌いのため落第したので、泰明小学校を退学して丁稚奉公に出たが長続きせず、その後も転々として放浪生活を続けて身を持ち崩すようになる。正樹は祭政一致の王政復古が藩閥政府によって遠ざけられ、平田派の国学が世間からも軽視されることに苛立ちはじめる。この年、富国強兵策の一環として一月に「軍人勅諭」が公布され、軍隊に対する天皇統帥と絶対服従が強調された。

明治十六年（一八八三）　五十二歳

力丸家の生活環境が好ましくないので、春樹は高瀬家と同郷の代言人・吉村忠道方（銀座四丁目）に引き取られる。春樹は公立小学四級生として成績優秀のため東京府から褒賞を受けて正樹を喜ばせた。この年の十一月、東京に鹿鳴館が完成し、開館式には内外の紳士淑女六百人を集めて夜半まで舞踏会が催された。

明治十七年（一八八四）　五十三歳
春樹は吉村忠道の勧めで英語の勉強を始める。四月、正樹は春樹の成長ぶりを見るために一時上京したが、欧化された世相の変遷の著しさに失望落胆して早々に帰郷した。春樹が父を見たのはこれが最後である。この年、ヨーロッパ視察から帰ってきた伊藤博文の主導で七月に華族令が定められ、特権階級として公・侯・伯・子・男の五爵が設けられた。一方、大蔵卿松方正義の緊縮デフレ政策によって農村は深刻な不況に見舞われ、各地で債権者に負債利子の減免・延納を求める騒動が続発した。主なる騒動に五月の群馬事件、九月の加波山事件、十月の秩父事件などがある。農民の窮乏をよそに、鹿鳴館では多額の官費を投入して欧化主義に酔いしれる貴賓のパーティーが繰り広げられていた。

明治十八年（一八八五）　五十四歳
正樹は永年にわたって狂信的な神道と木曽谷住民救済の山林解禁運動に関わりすぎたために、家産を蕩尽し、莫大な借財を作ったので、戸主の秀雄から生家追放を申し渡され、馬籠の裏通りに隠宅を借りて妻と二人でひっそりと暮らした。隠宅を観山楼と名づけ、静《しず》の屋《や》とも称した。晩年の雅号〈観斎〉はこれに因んだものであろう。この年の十二月、太政官制が廃されて内閣制が発足し、初代総理大臣に伊藤博文が就任した。内閣の主要ポストは薩長藩閥官僚によって占められた。

明治十九年（一八八六）　五十五歳
春樹は三月に泰明小学校（八年制）を卒業。英語習得のため、芝の三田英学校に入学。九月、神田淡路町の共立学校に入り、木村熊二から英語の講読を学ぶ。九月下旬、前年からとかく奇行の多かった正樹は、復古神道の立場から仏教を邪教として否定し、先祖の建立した馬籠の永昌寺本堂に放火しかけて取り押さえられる。狂人として旧本陣裏に特設した座敷牢に幽閉され、十一月二十九日に座敷牢で五十五年の悲劇的な生涯を閉じる。長身の遺体は十二月一日、永昌寺敷地内の一隅に白木の〈島崎正樹之奥津城《おくつき》〉の墓標を建てて埋葬された。急激に変転する時代は、社会の底辺に生きる民衆の福利を願って奔走した国学者島崎正樹を狂死に追いやり、来たるべき天皇神格化の欽定憲法（明22）と国民に忠君愛国を義務づける教育勅語（明23）の発布に向かって驀進《ばくしん》してゆく。

（相馬正一作成）

作品系図

一、『夜明け前』

（　）内は実名。

1　青山家（島崎家）

〔馬籠本陣〕

- 青山半六（重好）（養子）
  - 袖（ゆか）（養女）
  - 吉左衛門（重韶《しげつぐ》）
  - まん（桂）
- 吉左衛門・袖の子：半蔵（正樹）
- 吉左衛門・まんの子：仙十郎（森又右衛門）、喜佐（ゆき）、祝次郎（重親？）

〔妻籠本陣〕

- 里（やよ）
  - 寿平次（重信《しげよし》）
  - 民（ぬい）
- 植松菖助（高瀬兼聿《かねのぶ》）・
  - 弓夫（薫）
- 寿平次の子：琴柱《ことじ》（あさ）、正己（広助）（養子）

半蔵（正樹）・民（ぬい）の子：粂（その）、宗太（秀雄）、槇（松江）、正己（広助）、夏（継）、毬（楊）、森夫（友弥）、和助（春樹）

2　伏見屋（大黒屋）と扇屋（奥谷）

- 小竹金兵衛（大脇信興）・玉
  - 鶴松（蜂谷源兵衛四男 熊次郎・信道）
    - 須賀
  - 伊之助（古山富敬 男信常）
    - 富（古山久親 女千代）
- 鶴松・須賀の子：一郎（信成）、二郎（吉次郎）、三郎（鉄三郎）
- 伊之助・富の子：末（ゆふ）
- 扇屋得右衛門（林六郎左衛門正綱）
  - 実蔵（伝長）（養子）
    - 亀寿郎（亀寿郎）（末（ゆふ）と結ばれる）

3　その他の主要人物

桝田屋惣右衛門（蜂谷源十郎）・松雲和尚（桃林和尚）・宮川寛斎（馬島靖庵）・蜂谷香蔵（間秀矩）
浅見景蔵（市岡正蔵）・林勝重（鈴木弘道）・諏訪神社禰宜（宮口守雄）

（明治書院刊『島崎藤村事典』より転載）

島崎藤村　略年譜

明治五年（一八七二）　当歳

二月十七日（太陽暦換算三月二十五日）、名古屋県（二月十八日より筑摩県となる）筑摩郡馬籠村（のちの長野県木曽郡山口村字馬籠、現在岐阜県中津川市に越県合併）に生まれ、春樹と名付けられた。父は庄屋・本陣・問屋を兼ねる馬籠島崎氏の十七代目、重寛と称し、この年正樹と改名。母縫は妻籠本陣島崎氏の女。春樹はその四男三女の末子だが、姉二人は早世していた。父は平田派の国学を深く信奉していた。

明治七年（一八七四）　二歳

父出京に伴い、長兄秀雄が戸主相続。長姉園子は木曽福島の高瀬薫に嫁し、次兄広助は母方の妻籠島崎氏の養嗣子となる。

明治十一年（一八七八）　六歳

神坂村小学校に入学。父が水無神社宮司を辞して帰郷、漢籍の素読などに厳しかった。

明治十四年（一八八一）　九歳

九月、三兄友弥とともに秀雄につれられて七日間を要して東京に出、京橋区鎗屋町（現・銀座四丁目和光裏）の高瀬薫宅に預けられ、泰明小学校に転入。以後、父母の膝下に帰ったことはない。

明治十六年（一八八三）　十一歳

銀座四丁目で代言人をしていた吉村忠道宅に預け換えられ、以後学業を終えるまでこの人の恩義を多く受けた。

明治十七年（一八八四）　十二歳

英語を学びはじめ、国学を信奉する父がそれを案じて上京。父と会った最後となる。

明治十九年（一八八六）　十四歳

三月、泰明小学校卒業。三田英学校を経て、九月共立学校入学、木村熊二に学ぶ。十一月二十九日、馬籠本陣座敷牢で父死去。

明治二十年（一八八七）　十五歳

九月、明治学院普通学部が芝白金に校舎新築移転、藤村はその本科一年に入学。

明治二十一年（一八八八）　十六歳

一時木村熊二宅に止宿、木村が牧師をしていた高輪台町教会で受洗。学院の寄宿舎に移り自由を楽しむ。戸川秋骨が同級に編入。

明治二十二年（一八八九）　十七歳

馬場孤蝶が同級に編入学。和田英作・三宅克己も学院に在学。秋、第一高等中学を受験して失敗。この頃から沈黙がちとなる。

明治二十四年（一八九一）　十九歳

六月、明治学院卒業。恩人吉村が横浜伊勢佐木町に開業した雑貨店を手伝うため同地に移ったが、木村熊二の紹介で巌本善治主宰の「女学雑誌」記者となり、九月帰京。十一月、祖母桂死去。

明治二十五年（一八九二）　二十歳

一月以降「女学雑誌」に翻訳文を載せはじめた。二月、同誌に載った北村透谷の「厭世詩家と女性」に感動、五月に透谷を訪ね、以後深い影響を受けた。栗本鋤雲《じょうん》・田辺蓮舟から漢詩文、「紅楼夢」などを学ぶ。九月、編集の仕事を戸川秋骨に譲り、星野天知の推挙で明治女学校高等科の英語教師となる。教え子佐藤輔子に恋して苦しむ。

明治二十六年（一八九三）　二十一歳

一月、教職を北村透谷に譲り、教会の籍を脱し、月末に鎌倉の星野天知宅を訪ね、「文学界」創刊号を懐に半年の関西漂泊の旅に出る。七月下旬東上、帰るに家なく、箱根、鎌倉、一ノ関、東京を転々としたが、生活にも恋愛にも行き詰まり、十一月に再び旅を志し、国府津海岸で自殺さえ考えたが思いとどまり、結局、下谷三輪町に居を構えた長兄秀雄の家に同居する。十一月、木村熊二が小諸義塾を創立。

明治二十七年（一八九四）　二十二歳
二月、「野末ものがたり」（「文学界」）に初めて「藤村」の雅号を用いた。四月から再び明治女学校に勤務。五月十六日、北村透谷自殺。同月末、兄秀雄水道鉄管不正事件に絡んで鍛冶橋監獄に入り、藤村の経済的負担が重くなる。この年、樋口一葉・上田敏を知る。

明治二十八年（一八九五）　二十三歳
八月十三日、鹿討（佐藤）輔子札幌で死去。十二月、明治女学校を辞した。

明治二十九年（一八九六）　二十四歳
一月、「文学界」の新年会に田山花袋を招き、以後親交を結ぶ。九月、東北学院教師として仙台に赴任。十月二十五日、母死去。埋骨のため馬籠に帰省。仙台で、土井晩翠・高山樗牛・佐々醒雪・佐藤紅緑らを知る。毎月「文学界」に多くの詩を発表。

明治三十年（一八九七）　二十五歳
六月、東北学院を辞して帰京。八月、処女詩集『若菜集』を春陽堂から出版。

明治三十一年（一八九八）　二十六歳
一月、「文学界」終刊。四月、三兄友弥が入会していた竹柏会の歌人で東京音楽学校ピアノ科助教授橘糸重を知り、この年新設された選科に入ってその指導を受けた。夏、木曽福島の高瀬家に滞在して詩作、田山花袋来遊。上京の帰路、小諸に木村熊二を訪問。この年、川上眉山・斎藤緑雨・高安月郊・蒲原有明らを知る。

明治三十二年（一八九九）　二十七歳
四月、小諸義塾に英語・国語教師として赴任。巌本善治の媒酌で秦冬子（明治女学校卒、函館の網問屋秦慶治の三女）と結婚。

明治三十三年（一九〇〇）　二十八歳
五月、長女緑出生。夏以降、次第に散文のスタディに意を用いはじめた。十一月、徳冨蘆花が小諸に来訪。

明治三十四年（一九〇一）　二十九歳
丸山晩霞が小諸義塾の図画教師に就任。年末、柳田国男が小諸に来訪。詩集『落梅集』を刊行。

明治三十五年（一九〇二）　三十歳
三月、次女孝子出生。七月、恩人吉村忠道死去、以後約一年間毎月七円五十銭をその長男樹の学資として送り、恩義に報いた。長兄秀雄、次兄広助からの借金申し入れも重なり苦しむ（藤村の月給二十五円）。十一月、「旧主人」を発表、小説に転じたが、モデル問題から発禁処分を受けて苦しむ。

明治三十六年（一九〇三）　三十一歳
この年、有島生馬・小山内薫・青木繁・久保猪之吉らが小諸に来訪。

明治三十七年（一九〇四）　三十二歳
一月、花袋来訪。同月「破戒」取材のため飯山の真宗寺を訪れた。二月十日、対露宣戦布告、三月下旬、従軍記者を志して上京したが機を得ず、〈人生の従軍記者〉として「破戒」の執筆にかかる。四月、三女縫出生。七月下旬、妻の実家函館の秦慶治を訪ね、「破戒」自費出版の資金四百円の借用を依頼。その途次、青森で鳴海要吉・秋田雨雀に会う。長兄秀雄詐欺罪で再び入獄。

明治三十八年（一九〇五）　三十三歳
三月、志賀村の若い牧場主神津猛から「破戒」出版までの生活費百五十円の借用に成功、小諸義塾退職、四月末上京、西大久保に住む。五月、三女縫死去。十月、長男楠雄出生。上京後は龍土会に毎回出席。

明治三十九年（一九〇六）　三十四歳
三月末、緑蔭叢書第一篇『破戒』初版千五百部発行。四月、次女孝子死去。六月、長女緑死去。同月下旬、妻の祖母重病のため冬子が楠雄を連れて函館に行き、八月末帰京。その間手伝いに来た姪いさの手を衝動的に握る。十月、浅草新片町に転居。十一月、「春」の取材に国府津へ行く。

明治四十年（一九〇七）　三十五歳
二月、柳田国男主催のイプセン会がはじまり、毎月出席。六月上旬、箱根、三島に取材旅行をして「春」の準備を終わる。同月、西園寺首相の文士招待会に第三日目の客として出席。九月、次男鶏二出生。同月、花袋が「蒲団」を発表、藤村は同月二十一日から新佃島の海水館にこもって「春」の執筆に専念。

明治四十一年（一九〇八）　三十六歳
四月から八月まで「春」を「東京朝日新聞」に連載、十月、緑蔭叢書第二篇として『春』を自費出版。十二月、三男蓊助出生。

明治四十二年（一九〇九）　三十七歳
十月、木曽路を取材旅行、「家」の準備成る。

明治四十三年（一九一〇）　三十八歳
一月から五月まで「家」を「読売新聞」に連載。六月、園子の長男高瀬親夫名古屋で死去。八月六日、妻冬子が四女柳子出産、同日急死。同月、柳子を茨城の農漁家に預け、蓊助を木曽福島の高瀬家に預け、鶏二は蒲原有明に托そうとしたが鶏二が嫌ったので、楠雄・鶏二を手許におき、やがて次兄広助の長女久子、次女こま子を妻籠から呼び寄せて家事を手伝ってもらう。

明治四十四年（一九一一）　三十九歳
一月と四月に「犠牲」（「家」後篇）を「中央公論」に連載、十一月、緑蔭叢書第三篇として『家』上・下二巻を自費出版。三月、三兄友弥が、預けられた知人宅で死去。

明治四十五・大正元年（一九一二）　四十歳
六月、久子結婚のために去り、こま子が残る。この頃から藤村はこま子と関係を生じ、苦しむ。

大正二年（一九一三）　四十一歳

一月、十年にわたる出奔の果てに落魄の身を藤村宅に寄せた高瀬薫を木曽福島に同道して園子と和解させ、三月、芝区二本榎西町に転居の上、緑蔭叢書の版権を二千円で新潮社に譲渡、それを旅費としてひとりフランスへ脱出、船が香港を出てから初めてこま子との事実を告白する手紙を兄広助に送った。こま子は男児を出産（「新生」によれば九月三日）したが、広助の計らいにより事実は一切伏せられた。藤村は五月二十三日パリ着、ポール・ロワイヤル通りに下宿。六月、小山内薫がロンドンから来て同宿、十一月には小杉未醒・郡虎彦が来訪。

大正三年（一九一四）　四十二歳

七月に第一次世界大戦が勃発したため、八月に正宗得三郎とともにリモージュに避難したが、十一月、パリの元の下宿に戻る。同月、高瀬薫が木曽福島で死去。

大正四年（一九一五）　四十三歳

東京の文人が「藤村会」を作って資金援助したので、帰国を延期した。

大正五年（一九一六）　四十四歳

三月、ソルボンヌのセレクト・ホテルに移り、水上滝太郎・小泉信三・沢木梢らと同宿、河上肇・石原純らとも知った。四月末パリ発、ロンドンから熱田丸に乗船、ケープタウン経由、七月四日神戸着、八日、芝二本榎の広助宅に同居。こま子を助手として仕事を手伝わせるうちに再び関係を戻した。九月、早稲田大学講師。同月末、高瀬園子が木曽福島から上京、精神異常のため藤村の負担で入院させた。十一月、広助一家を根津宮永町に移したが、その生活は窮乏し、経済的援助の要求に苦しんだ。

大正六年（一九一七）　四十五歳

一月、慶応義塾大学文科の科外講師。生活費を補うため自作詩を一枚二円で揮毫、長野地方に頒布（八年二月までに百三十二枚）。六月、芝桜川町風流館に子供二人を連れて下宿。

大正七年（一九一八）　四十六歳
三月、預けてあった四女柳子を手許に引き取る。四月五日、広助の妻あさが神田和泉町の三井慈善病院で死去。同日、「新生」起稿。五月より十月まで「新生」を「東京朝日新聞」に連載。このため広助が怒って藤村と義絶、こま子を台北の秀雄の許にやる。十月末、麻布飯倉片町に転居。

大正八年（一九一九）　四十七歳
四月、長男楠雄を明治学院中学部に入学させた。四月から十月まで「新生」後篇を「東京朝日新聞」に連載。八月ごろ、秀雄がこま子を伴って台北から帰京、秀雄は青山南町の長女西丸いさの家に同居、こま子は西丸の世話で羽仁もと子宅に炊事婦として住みこむ。

大正九年（一九二〇）　四十八歳
三月、姉高瀬園子が精神病院で死去。四月、次男鶏二を川端画学校に入れた。十一月、花袋・秋声生誕五十年祝賀会に出席。

大正十年（一九二一）　四十九歳
二月十七日、詩話会主催で「島崎藤村氏誕辰五十年祝賀会」が上野精養軒で開かれた。三月十九日、加藤静子が伊吹信子とともに初めて藤村宅を訪問した。同月、木曽福島に赴き、高瀬家に預けてあった三男蓊助を東京に連れ戻し、四月から明治学院中学部に入れた。この年、文部省国語調査会委員になった。秋ごろ、女性の発表機関誌として「処女地」の発刊を思い立ち、加藤静子をその編集助手として自宅に通わせた。

大正十一年（一九二二）　五十歳
一月から『藤村全集』刊行開始（十二月、全十二巻完結）。その収益で四月から月刊で「処女地」を出し始めた（翌年一月終刊）。八月、家族全員で馬籠に行き、妻冬子の十三回忌に、妻と三児の遺骨を永昌寺の墓地に改葬、かねての計画により楠雄を同地の原一平に托して帰農させた。九月、楠雄・蓊助の明治学院中学部退学の手続きをとり、蓊助は鶏二とともに川端画学校に通いはじめる。年末、楠雄自立営農の準備に馬籠に山林を買う。

大正十二年（一九二三）　　五十一歳

一月、軽い脳溢血のため一か月ほど休養。二月、馬籠に田畑を購入。九月一日、関東大震災、火の危険迫り一時避難。大杉栄らの死に蓊助が強い関心を示した。

大正十三年（一九二四）　　五十二歳

一月、長兄秀雄が再び台湾に渡ったが、二月十四日台北病院で死去。かねて馬籠本陣跡地買い戻しの希望があったがかなわず、二月、旧本陣下隣に宅地を購入。四月、柳子を実践高女実科に入学させた。同月二十七日、加藤静子に求婚。この年、文部省国語調査会委員を辞した。

大正十四年（一九二五）　　五十三歳

一月、馬籠の農家建物を買い取り、前年に用意した旧本陣隣地に移築にかかる。六月、楠雄が馬籠で徴兵検査を受け、第一乙種となる。十一月、馬籠の住宅完成。十二月、太田水穂の紹介で神田の寺島医師の診察を受け、沃土カリウム剤を服用しはじめた。

大正十五・昭和元年（一九二六）　　五十四歳

四月、馬籠に水田を買い足す。同月、長兄秀雄の三周忌を兼ねて、楠雄の住宅（緑屋）完成祝いに、柳子、秀雄の妻松江、その長女西丸いさを同道して馬籠に赴く。五月、鶏二に半農半画家の生活をすすめ、馬籠の楠雄の許にやる。八月、楠雄に母冬子十七回忌法要を営ませる。十月、再度馬籠に行く。十二月、馬籠に田地をさらに買い足す。

昭和二年（一九二七）　　五十五歳

一月中、病気がちに過ごす。二月下旬、蓊助が友人との共同生活のため家を離れた。三月、改造社の円本の印税二万円を四人の子に均等に分配、自立資金に当てさせた。七月、小諸懐古園に藤村詩碑完成、藤村は鶏二と山陰地方を旅行のため、楠雄・蓊助が除幕式に出席。十月、鼻茸手術。

昭和三年（一九二八）　　五十六歳

四月下旬、木曽路を踏査、馬籠の大脇家で大黒屋日記を発見、「夜明け前」の準備急速に進む。五月、父正樹の墓の整備を楠雄に指示。同月十四日、加藤静子との結婚の意志をその兄大一郎に正式に伝え、承諾を得る。六月、馬場孤蝶還暦祝賀の小宴を星が岡茶寮で主催。十月二十二日、次兄広助が渋谷町永住で死去したが鶏二を通夜に出し、広助の長女久子が満州から帰国するのを待って十一月四日に妻籠光徳寺で行われた葬儀には楠雄を代理出席させた。藤村はかねての準備通り、十一月三日、星が岡茶寮でごく内輪に静子との結婚披露宴を行い、翌日から三浦半島に新婚旅行。「夜明け前」執筆の準備を整え終わる。

昭和四年（一九二九）　五十七歳

一月、「『夜明け前』を出すについて」を「中央公論」に発表、以後年四回（一、四、七、十月）の連載で昭和十年十月まで書き続ける。三月、鶏二がパリ留学のため横浜港から出帆。五月、蓊助が日本プロレタリア美術家同盟の地方移動展に参加、盛岡署にしばらく留置され、九月に勝本清一郎とともに敦賀港出帆、シベリヤ経由でドイツへ留学に出た。同月下旬、馬籠に行く。このころ、楠雄と末木房子との婚約整い、房子は行儀見習いのため静子の実家、川越の加藤家に預けられた。

昭和五年（一九三〇）　五十八歳

五月十三日、田山花袋死去、藤村が「高樹院晴誉残雪花袋居士」の戒名を撰ぶ。九月、静子を同伴して馬籠に行く（藤村が生前馬籠を訪れた最後）。十二月、神津猛が倒産、三百円を贈って過去の恩義に報いた。

昭和六年（一九三一）　五十九歳

一月、鶏二・蓊助の留学費送金に追われ、飯倉高台への住宅新築計画を断念。三月、楠雄が末木房子と結婚。八月、鶏二がパリから帰国、九月の二科展に出品して新進画家としての地歩を築いた。

昭和七年（一九三二）　六十歳

一月、「夜明け前」第一部を完結、同月新潮社より出版、第二部を雑誌に続稿。四月、鶏二が銀座資生堂ギャラリーで個展。六月、静子同伴で京都に遊び、和辻哲郎を訪問。同月、楠雄の家に初孫多吉誕生。

昭和八年（一九三三）　六十一歳

二月、蓊助がドイツから神戸港に帰着したが、留学中に親の意に従わなかったことをとがめられて謹慎を言い渡され、以後一年余、父に会えなかった。

昭和十年（一九三五）　六十三歳

四月、姪西丸いさ（小園）が日本画の個展を開き、藤村がその紹介案内文を書いた。九月末、柳子が南佐久の井手五郎に嫁ぐ。十月、「夜明け前」第二部完結、翌月、定本版藤村文庫第一・二篇として『夜明け前』第一・二部を同時に新潮社から出版（この文庫は昭和十四年二月、第十篇で完結）。同月、日本ペンクラブ発会、会長に推された（没年までその地位にあった）。

昭和十一年（一九三六）　六十四歳

一月、朝日文化賞受賞。三月、築地小劇場で「夜明け前」初演。七月、十九年間の飯倉生活を閉じ、大倉喜七郎から贈られた麹町下六番町の百坪の地に数寄屋風の家を新築することを和辻哲郎に依頼、鶏二の結婚を許し、蓊助の謹慎を解き、静子・有島生馬とともに、日本ペンクラブ代表として、昭和十五年（紀元二千六百年）の大会を東京に招致すべく、第十四回国際ペンクラブ大会に出席するため神戸港からアルゼンチンに赴いた。大会後、ブラジル、北米を経てフランスに廻り、十二月十六日、マルセイユのロンシャン美術館でシャヴァンヌの「東方の門」を見た。

昭和十二年（一九三七）　六十五歳

一月二十三日、神戸港帰着。麹町下六番町の新居に入る。三月、島崎こま子が窮乏と病身のため養育院に収容され、新聞の話題となり、静子が病床を見舞った。六月、帝国芸術院が創設され、その会員に推されたが辞退。同月、仙台八木山に建てられた「草枕」詩碑除幕に臨む。十月、過労のためたおれ（萎縮腎と言われた）、以後心臓薬を持薬として療養を続ける。

昭和十三年（一九三八）　六十六歳

六月、蓊助編集の雑誌「新風土」が小山書店から創刊され、表紙絵は鶏二が描いた。

昭和十四年（一九三九）　六十七歳
四月、快気祝の小宴を帝国ホテルで開く。七月、戸川秋骨死去。藤村が招致に尽力した国際ペンクラブ東京大会が、国外の情勢から開催不能と判断、国際ペン本部に通知。

昭和十五年（一九四〇）　六十八歳
春、陸軍の依頼により「戦陣訓」校閲。六月、有島生馬の発意で「藤村会」が組織されたが、実際活動には至らなかった。この年、帝国芸術院会員に再度推され、受諾。

昭和十六年（一九四一）　六十九歳
一月、大磯に遊び、二月、同地東小磯（町屋園）に借家し、東京との往復生活がはじまった。七月、内閣情報局より求められて児童文化研究所創設についての意見書を提出。八月、時局緊迫のため重要書類を大磯に移す。十二月八日、太平洋戦争勃発。

昭和十七年（一九四二）　七十歳
一月、開戦の日の感想執筆を日本青年協会から再度求められたが、長篇創作準備に心労の理由で断る。四月、北村透谷未亡人ミナ死去。六月、日本文学報国会が結成され、その名誉会長に推された。八月、大磯の借家を買い取る。十月、巌本善治死去。十一月、第一回大東亜文学者大会が帝国劇場で開かれ、求められて聖寿万歳の音頭をとる。十二月、「『東方の門』を出すに就いて」を「中央公論」に発表。

昭和十八年（一九四三）　七十一歳
一月、「東方の門」序の章、四月、同第一章を「中央公論」に連載、第二章は五月に脱稿していたが予定の七月号が特集企画のため掲載されず、第三章の執筆途中、八月二十一日朝、大磯の自宅でたおれ、脳溢血のため、翌二十二日午前零時三十五分死去。身内で「文樹院静屋藤村居士」の戒名を撰び、二十四日、大磯の船着山円如院地福寺に土葬、二十六日午前九時から東京青山斎場で葬儀、宮中より幣帛下賜、文部大臣はじめ各界の弔詞の後、里見弴が「東方の門」第二章の一部を朗読した。十月九日、四十九日法要に遺髪・遺爪を馬籠永昌寺墓地に分葬。「中央公論」九月号に「東方の門」第二章（同号は棺中に納められた）、十月号に同第三章が絶筆のまま掲載されて断絶。

（和田謹吾作成）

故和田謹吾氏作成の「島崎藤村略年譜」は昭和五十八年（一九八三）四月、『国文学』臨時増刊号「近代作家年譜集成」に掲載されたものであるが、和田寿美子夫人の御諒解を得て一部補筆の上転載させてもらった。（相馬）

あとがき

本稿は、平成十七年五月九日から同年十二月二十六日まで「国家と個人―島崎藤村『夜明け前』を読む」のタイトルで「信濃毎日新聞」朝刊に週一回（月曜日）連載してきた記事を大幅に増補改訂したものである。当初は評論の新聞連載という制約もあって「夜明け前」本文の引用を極端に切り詰めたため、作品に託した藤村の想いを充分伝えることができないというもどかしさがあった。

大作「夜明け前」の主人公・青山半蔵の軌跡を読み解くキー・ワードは〈街道〉と〈黒船〉である。判り易く言えば、東山道（中山道・木曽街道）の変遷に伴って浮沈を繰り返す街道筋の庶民生活の実態と、開港交易を迫る欧米列強に脅かされてひたすら脱亜入欧の〝文明開化〟を急ぐ薩長藩閥政府の官尊民卑政策を、永年に亘って木曽路の交通運輸を取り仕切ってきた主人公の目線に添って描いた作品である。

これまで街道の果たしてきた牛馬と人足による交通運輸の行きつく先は、主人公が予想もしなかった鉄道の実現である。明治六年に来日した英国の鉄道建築師グレゴリイ・ホルサムは、前任者の建築師長エングランドの後を承けて、新橋─横浜間の鉄道を主管するが、ホルサムは同国人のヴィカアス・ボイルが日本政府の要請を受けて東山道に鉄道敷設の基礎計画を立てたことを知り、その実地踏査のために木曽路を訪れる。明治十二年の初夏の頃である。

《鉄道幹線は東山道を適当とするの意見を立てたのも、またこのボイルである。その理由とするところは、東海道は全国最良の地であって、海浜に接近し、水運の便がある、これに反して東山道は道路も嶮悪に、運輸も不便であるから、ここに鉄道を敷設するなら産物運送と山国開拓の一端となるばかりでなく、東西両京および南北両海の交通を容易ならしめるであろうということであった。(中略)

馬籠まで来て、ホルサムはこれらのことを胸にまとめて見た。隣村の妻籠からこの馬籠峠あたりはボイルが設計の内にははいっていない。それは山丘の多い地勢であるために、三留野《みどの》駅から木曽川の対岸に鉄道線を移すがいいとのボイルの意見によるものであった。……いずれは鉄道線通過のはじめにありがちな、頑固な反対説と、自然その築造を妨げようとする手合いの輩出することをも覚悟せねばならなかった。山家の旅籠屋《はたごや》らしい三浦屋の一室で、ホルサムはそんなことを考えて、来たるべき交通の一大変革がどんな盛衰をこの美しい谷々に持ち来たすであろうかと想像した。》(「夜明け前」第二部第十三章)

しかし、「この旧《ふる》い街道筋と運命を共にする土地の人たちはまだ何も知らない。将来の交通計画について政府がどんな意向であるやも知らない。まして、開国の結果がここまで来たとは知りようもなかった」のである。藩閥政府の「由らしむべし、知らしむべからず」の官僚主義的衆愚政治が、街道筋に生きる地方の人民をまるで虫けらのように扱っていることに、主人公の口を借りて藤村は激しく抗議している。

これまで、「長い武家の奉公を忍び、腮《あご》で使われる器械のような生活に屈伏して来たほどのものは、一人として新時代の楽しかれと願わぬはなかろう。宿場の廃止、本陣の廃止、問屋《といや》の廃止、御伝馬《ごてんま》の廃止、宿人足《しゆく》の廃止、それから七里飛脚の廃止のあとにおいて、実際彼らが経験するものは、はたして何であったろうか。激しい神経衰弱にかかるものがある。強度に精神の沮喪《そそう》するものがある。種々《さまざま》な病を煩うものがある。突然の死に襲われるものがある。驚かれることばかりであった。これはそもそも、長い街道生活の結果か。内には崩れ行く封建制度があり、外には東《とう》漸《ぜん》するヨーロッパ人の勢力があり、かくのごとき社会の大変態は、開闢《かいびやく》以来いまだかってないことだと言わるるほどの急激な渦の中」に、目隠しされたまま宿場は丸ごと投げこまれていたのである。

維新後、激減した交通運輸の仕事と入山禁止の山林に依存してきた木曽谷の住民は、期待した明治政府に裏切られて生活の手段を失い、五箇条の誓文で約束してくれたはずの請願の道も閉ざされ、お上《かみ》に逆らう者は国賊だと脅かされた。山林解禁運動に挫折した青山半蔵の跡を継いで山林問題に取り組んだ次男の正己（モデルは藤村の次兄広助）は、交渉を受け付けない福島支庁や筑摩県庁を飛び越して、東京の農商務省に出向き、農商務卿・西郷従道宛に直接請願書を提出したが、やはり無視された。

官尊民卑を当然視する官庁の役人に請願することの無益さを知らされた正己は、中央・地方を問わず「役人が自分らを一平民に過ぎないとし、不平の徒として軽んじている」以上、適当な縁故を求めて裏側から働きかけるしか方法がないと考えるようになる。困窮する地域住民の救済という〈大義名分〉を掲げて正面から手続きを踏んで請願を続けた一本気の半蔵よりも、コネを求めて効果を狙う正己の方が、官僚主義の実態をよく見抜いていたのである。ここにもまた、藤村の権力機構に対する批判の眼が光っている。

藤村は「夜明け前」を閉じるに当たって再び鉄道敷設に言及し、「東山道工事中の鉄道幹線建設に対する政府の方針は、にわかに東海道に改められ、私設鉄道の計画も各地に興り、時間と距離とを短縮する交通の変革は、あだかも押し寄せて来る世紀の洪水のように、各自の生活に浸ろうとしていた」と記しながら、その世紀の洪水に押し流されて自滅する青山半蔵が、最後に「わたしはおてんとうさまも見ずに死ぬ」と言い遺して世を去った悲劇的な末路を、〈国家と個人〉の表裏の現象としてパラレルに描いている。それはまた、交通運輸の一大変革の波に押し流されて消えてゆく街道筋の宿場の現実でもあった。

今回、藤村の「夜明け前」論の新聞連載を勧めてくれたのは、信濃毎日新聞社文化部の工藤信一氏である。工藤氏の熱心な慫慂《しょうよう》がなかったら実現しなかったことである。長年、太宰治を中心とする所謂無頼派作家や井伏鱒二の研究を手懸けてきた私が、ここで島崎藤村を取り上げたことに或いは不審を抱く人がいるかも知れない。

実は、実証的な島崎藤村研究で知られる北海道大学名誉教授の故和田謹吾氏とは、昭和四十五年（一九七〇）ごろから親交を結んできた昵懇の間柄である。和田氏からはよく藤村の話を聞かされ、藤村研究や自然主義文学の著書を刊行の都度贈られたものである。和田氏は藤村研究の最後の仕事として「夜明け前」の調査を始めていたが、その矢先に視野狭窄症を患って外出することが困難になった。私が津軽から越後を経て信濃に移り住んだ時、誰よりも喜んだのは和田氏である。「夜明け前」の実地踏査を私に頼めると思ったからである。私は快くそれを引き受けた。

しかし、それから間もなく和田氏は両眼失明し、研究を続行することが絶望的となった。それでも、当初は寿美子夫人に口述筆記させていたが、参考文献や引用文のことで思うに任せず苛立つことが多くなり、遂に研究を断念せざるを得なくなった。失明後も何度か私は札幌の和田宅を訪れたが、「夜明け前」の研究を中断したことをとても残念がっていた。和田氏は長年の研究生活を、夫人の協力のもとに私家版叢書〈観白亭叢刊〉と名づけて九分冊にまとめ上げた直後、平成六年（一九九四）十一月十五日、七十二歳の生涯を閉じた。

叢書の第八冊はマイクロ版論文集『島崎藤村』であるが、この中に「和助の夜明け前」（昭和四七年一〇月『国語国文研究』）が収められている。作中の〈和助〉のモデルは春樹こと藤村自身である。和田氏は、藤村が「夜明け前」執筆の準備として作成した「島崎氏年譜」の明治二十一年の項に、「春樹明治学院時代、夜明近づくの感―鶏鳴をきくの思―」とメモし、「国学者によりて導かれる精神と洋学者によりて導かれるものとの二つの大きな流れ―近代生活―新しき文学、宗教其他これより二三年間のめざましき夜明け」と注記していることに注目し、「そうであれば、『夜明け前』とは〈和助の夜明け前〉を意味していたのではなかったか」との刺激的な仮説を立てている。

この仮説を立証するためには「夜明け前」の続篇とも言うべき「東方の門」に立ち入らなければならないが、残念ながら「東方の門」は藤村の急死によって中絶したので、和田氏の仮説は多くの可能性を秘めたまま立ち消えとなった。私が本稿の第十章で、未完の「東方の門」はこのあと「青山和助即ち藤村自身を主役に据えて『第二の春』を執筆する構想があったのではないか」と書いたのは、和田氏の「和助の夜明け前」の一文が念頭にあったからである。それはまた、本格的な「夜明け前」研究が今後に持ち越されていることを意味している。

最後に、新聞連載中から小稿に注目し、これを一書にまとめることを勧めてくれた人文書館主の道川文夫氏に深甚の謝意を表する。信濃毎日新聞社文化部の工藤信一氏と共に、小著の生みの親として生涯忘れがたい知己を得たことを悦ぶものである。

二〇〇六年八月

信濃追分の山荘にて

相馬　正一

装画について
大野良子（おおの・りょうこ）

楽章

嵐の後の朝焼けは
どんなものにも例えられない景観がある
まだ 何処からか雷光が放たれ
大きな雷音が響き渡るような不安はあっても
何処かで脈々と流れる 生暖かいものが
まわりを立ち込めて 静かに眠りから覚めようと
している気配が感じられる。
それは大きな木であったり、川の音であったり
鳥のさえずりや、かすかに残る虫の鳴き声だったりする。

郷愁

初めて来た場所なのに
妙に懐かしく感じてしまうことがある
その小道や家並み、大きな木々や空までも
以前、同じように見ていた気がしてならない
そんな時、その風景にどっぷりつかって
ゆっくり思い出してみたくなるのだけれど
必ずといっていいほど、電車の中や、車で通り過ぎる何秒かの
瞬時の出来事で、たちまち、その感覚は忘れ去られてしまう
もしかすると、夢の中で見た風景なのかもしれないと
自分に言い聞かせながら。

略歴

1954年　青森県に生まれる
1977年　上京
1981年　伊藤正三画伯に油絵を師事。その後、看護師の仕事のかたわら独学
1992年　二科展入選
1993年　黒岩重吾著『女の氷河』（集英社文庫）のカバー装画を手がける
1998年　国際美術大賞展にて都議会議長賞受賞
2002年　日選展にて奨励賞受賞
　　　　布アート始める
2003年　日選展にてタケダ徽章賞受賞
2004年　国際美術大賞展にて奨励賞受賞
2005年　二科展入選
現在　茨城県つくば市在住

編集　道川龍太郎・山本則子

相馬正一

……そうま しょういち……

1929年、青森県に生まれる。

弘前大学卒業。弘前大学非常勤講師、

上越教育大学教授、岐阜女子大学教授を歴任。

岐阜女子大学名誉教授。

専攻は、日本近・現代文学。

著書『若き日の太宰治』『評伝 太宰治』『井伏鱒二の軌跡』

『若き日の坂口安吾』『太宰治と井伏鱒二』など

国家と個人
島崎藤村『夜明け前』と現代

発行 二〇〇六年九月二十日 初版第一刷発行

著者 相馬正一

発行者 道川文夫

発行所 人文書館

〒一五一—〇〇六四
東京都渋谷区上原一丁目四七番五号
電話 〇三—五四五三—二〇〇一（編集）
〇三—五四五三—二〇一一（営業）
電送 〇三—五四五三—二〇〇四
http://www.zinbun-shokan.co.jp

ブックデザイン 鈴木一誌＋仁川範子

印刷・製本 信毎書籍印刷株式会社

乱丁・落丁本は、ご面倒ですが小社読者係宛にお送り下さい。
送料は小社負担にてお取替えいたします。

ISBN 4-903174-07-7
Printed in Japan

明治維新、昭和初年、そして、いま。近代日本の歴史的連続性を考える。

国家と個人―島崎藤村『夜明け前』と現代

四六判上製二二四頁　定価二六二五円　相馬正一 著

*二十一世紀の日本のありようを問い直す。

近代日本の歩んだ道―「大国主義」から「小国主義」へ

A5変形判二六四頁　定価一八九〇円　田中　彰 著

*「戦後」の原点とは何だったのか。

昭和天皇と田島道治と吉田茂―初代宮内庁長官の「日記」と「文書」から

四六判上製二六四頁　定価二六二五円　加藤恭子 著

*「思想の生活者」のドラマトゥルギー

風狂のひと　辻潤―尺八と宇宙の音とダダの海

A5変形判三九二頁　定価三九九〇円　高野　澄 著

*〈コスモス〉という木、〈コスモス〉という世界

森林・草原・砂漠―森羅万象とともに

第十六回南方熊楠賞受賞記念出版

A5判三二〇頁　定価三三六〇円　岩田慶治 著

*独創的思想家による存在論の哲学

木が人になり、人が木になる。―アニミズムと今日

第十六回南方熊楠賞受賞

A5変形判二六四頁　定価二三一〇円　岩田慶治 著

*風土・記憶・人間

文明としてのツーリズム―歩く・見る・聞く、そして考える

A5変形判三〇四頁　定価二一〇〇円　神崎宣武 編著

*絵画と思想。近代西欧精神史の探究

ピサロ／砂の記憶―印象派の内なる闇

A5判上製五二〇頁　定価八八二〇円　有木宏二 著

近刊　**米山俊直の仕事　人、ひとにあう。―むらの未来と世界の未来**

*文化人類学のファースト・ランナー　善意あふれる野外研究者の精選集

A5判上製一〇三二頁　予定価一二六〇〇円　米山俊直 著

定価は消費税込です。（二〇〇六年九月現在）

人文書館